RIBBON QUEEN

GARTH ENNIS
Scénario

JACEN BURROWS
Dessin

GUILLERMO ORTEGO
Encrage

DAN BROWN
Couleurs

LAURENCE BELINGARD
Traduction

PAULO CESAR TAVARES
Lettrage

Pour l'édition française : Panini France S.A. - Nice La Plaine, Bât. C2, Avenue Emmanuel Pontremoli, 06200 Nice.
ISBN : 979-10-391-2680-9
Dépôt légal : **septembre 2024**
Achevé d'imprimer en **Inde** en **juin 2024** par **Replika Press Pvt. Ltd.**
310-311, EPIP, HSIIDC, KUNDLI, SONIPAT, HARYANA 131028.
Code produit : **FRIBB001**

www.panini.fr

MIX
Paper | Supporting responsible forestry
FSC® C115044

INTRODUCTION

Garth Ennis est un scénariste reconnu dans le monde entier, non seulement pour ses qualités d'auteur mais aussi pour son style unique. L'artiste irlandais a notamment fait parler de lui avec la série *The Boys*, qui continue d'inspirer divers médias. Il est un spécialiste des histoires iconoclastes, immorales et humoristiques, portées par des dialogues percutants et des personnages hauts en couleur, comme on en voit rarement dans les productions grand public. Les lecteurs et la critique apprécient son langage alliant réflexion sur la société, critique de la religion et références à la pop culture. Depuis *Hellblazer*, *Preacher*, *The Punisher* et *The Boys*, les fans du scénariste savent généralement ce que ce dernier leur réserve. Néanmoins, les séries les plus populaires de Garth Ennis (aux images souvent dérangeantes et outrancières) font peut-être parfois oublier deux de ses qualités moins flagrantes, mais tout aussi remarquables. D'abord, il aborde toujours un sujet sous un angle neuf et surprenant. On sait plus ou moins à quoi s'attendre, mais il réussit quand même toujours à nous étonner. Puis, il y a son écriture, sa flamboyance habituelle. Mais son savoir-faire est d'autant plus visible lorsqu'il revient à un style plus sobre, dénué de langage grossier et d'images choc. Une maîtrise qu'illustre parfaitement *Ribbon Queen*, un récit d'horreur qui fait écho aux films policiers des années 1970. Celui-ci reprend en effet à son compte le thème de la corruption des représentants de la loi, tout en nous plongeant dans une atmosphère "dark fantasy" jouissive. Dans ces pages, les scènes sanglantes et les drames vécus par les personnages font monter l'angoisse et laissent peu de place à l'espoir. Ennis va à l'essentiel. Il capte l'attention du lecteur en se concentrant sur les failles de héros accablés par la vie, mais toujours prêts à se relever et à se battre pour ce qui est juste, quitte à en subir les conséquences…

Ribbon Queen (2023) 1
Couverture : **DECLAN SHALVEY**

JE PEUX VOUS PARLER, CAPITAINE ?
BIEN SÛR.
NE FAITES PAS ÇA !
QUOI ?
LA PORTE. NE LA FERMEZ PAS.
POURQUOI ?
SINON, JE SAIS QUE VOUS ALLEZ ME DIRE UN TRUC EN PRIVÉ, QUI DOIT RESTER SECRET, ET C'EST TOUJOURS ATROCE. JE SUIS CERTAIN QUE ÇA VA ME GÂCHER LA JOURNÉE.
S'IL VOUS PLAÎT, LAISSEZ LA PORTE OUVERTE, AMY.
D'ACCORD.
DÉSOLÉE.
MERDE...

ALLEZ-Y.
OK.
VOUS VOUS SOUVENEZ DES MEURTRES COMMIS IL Y A DEUX ÉTÉS DE ÇA ?
L'ORDURE DE DELANCEY STREET QUI DÉCOUPAIT...?
OUI.
LA SEULE ET UNIQUE AFFAIRE BOUCLÉE DE LA POLICE DE NEW YORK EN 2020, C'EST ÇA ?
MM MM.
ON EST EN PLEIN MOUVEMENT "BLACK LIVES MATTER", NOTRE RENDEMENT EST PLUS BAS QUE DU FUMIER DE BALEINE, ON TROUVE LE GARS, ON LE *TROUVE*... ET LE SWAT DÉBARQUE JUSTE AVANT QU'IL NE DÉPÈCE SA DERNIÈRE VICTIME... COMME DANS UN FILM...
ET ALORS ? QU'EST-CE QUE VOUS AVEZ À ME DIRE ?
JE VOUS FAIS CONFIANCE, VOUS AVEZ PLUS SOUVENT RAISON QUE TORT, MAIS...
JE SERAI FRANCHE, CAPITAINE :

1 : À LA SANTÉ DE SA MAJESTÉ

BON DIEU.
NON.
BELLA RHINEBECK, 20 ANS. REVENUE IL Y A DEUX MOIS APRÈS UNE ANNÉE PASSÉE CHEZ SES PARENTS, POUR DES RAISONS ÉVIDENTES.
ELLE A REPRIS SES ÉTUDES À LA FAC. BEAUCOUP ONT ÉTÉ SURPRIS DE LA REVOIR, MAIS ELLE SEMBLAIT TRÈS INVESTIE ET...
LA CAUSE ?
TROUVÉE SUR LE TROTTOIR DE SON IMMEUBLE, TÔT CE MATIN. LA FENÊTRE DU TROISIÈME OUVERTE.
PAS TRÈS HAUT.
UNE BLESSURE AU CŒUR. COUTEAU DE CUISINE SUR LA SCÈNE.
SOIT ELLE S'EST POIGNARDÉE ET A SAUTÉ, PEU PROBABLE, SOIT QUELQU'UN L'A POIGNARDÉE ET JETÉE PAR LA FENÊTRE.
LE CHEF D'UNITÉ EST KEITH CONNOLLY...
VOUS DEVRIEZ METTRE LA TÊTE ENTRE LES GENOUX.
OH, JE VAIS VOMIR.

"VOUS AVEZ VU SES ÉTATS DE SERVICE, SES MÉDAILLES. MAIS IL Y A AUTRE CHOSE.
"DES PLAINTES DE DÉTENUES FEMMES, D'OFFICIERS FEMMES..."
POLICE
POLICE
POLICE
JUSTE DES RUMEURS. RIEN D'OFFICIEL, MM ?
NON, ET VOUS SAVEZ POURQUOI.
COMME LA PLAINTE POUR VIOLENCES CONJUGALES DÉPOSÉE PAR SA FEMME, TRAITÉE DE FOLLE PAR LA LIGUE DES ROMBIÈRES IRLANDAISES.
LA LIGUE...
LES FEMMES DE FLICS.
BREF. RHINEBECK ÉTAIT UNE FILLE CANON.
A PRIORI, CONNOLLY CRAQUAIT POUR ELLE.
IL EST PASSÉ LA VOIR TROIS, QUATRE FOIS À L'HÔPITAL, D'APRÈS SES AMIS. SES PARENTS AUSSI S'EN SOUVIENNENT.
VOUS AVEZ INTERROGÉ LES PARENTS ? C'EST ÇA QUE VOUS APPELEZ DE LA DISCRÉTION ?

"QUAND ELLE EST REVENUE, IL L'A DE NOUVEAU HARCELÉE, EN DEHORS DE LA FAC, DANS SES LIEUX PRÉFÉRÉS.
POLICE
"JE CROIS QUE NOTRE HÉROS ESPÉRAIT PLUS QU'UN MERCI POUR SON EXPLOIT... COMME S'IL S'ÉTAIT FAIT UN FILM, AVEC LUI ET BELLA DANS LES RÔLES PRINCIPAUX."
IL DEVAIT PENSER LE MÉRITER.
VOUS NE M'AVEZ PAS RÉPONDU...
J'EN AI INFORMÉ SES PARENTS. J'AI PARLÉ À SES AMIS.
JE SUIS CHARGÉE DE L'ENQUÊTE, ET JE SUIS AUSSI DISCRÈTE QUE POSSIBLE.
LES MÉDIAS SAVENT ?
PUTAIN...
VU CE QUI LUI EST ARRIVÉ IL Y A DEUX ANS, ILS VONT VITE FAIRE LE RAPPROCHEMENT.
DONC, ON OUBLIE L'IMITATEUR QUI VENGERAIT LA MORT DU MODÈLE QUI L'A INSPIRÉ.
ET ON OUBLIE LE PREMIER ENFOIRÉ QUI SORT DE SA TOMBE ET REVIENT...
UN AMI DE BELLA A FILMÉ ÇA SUR SON PORTABLE RÉCEMMENT.

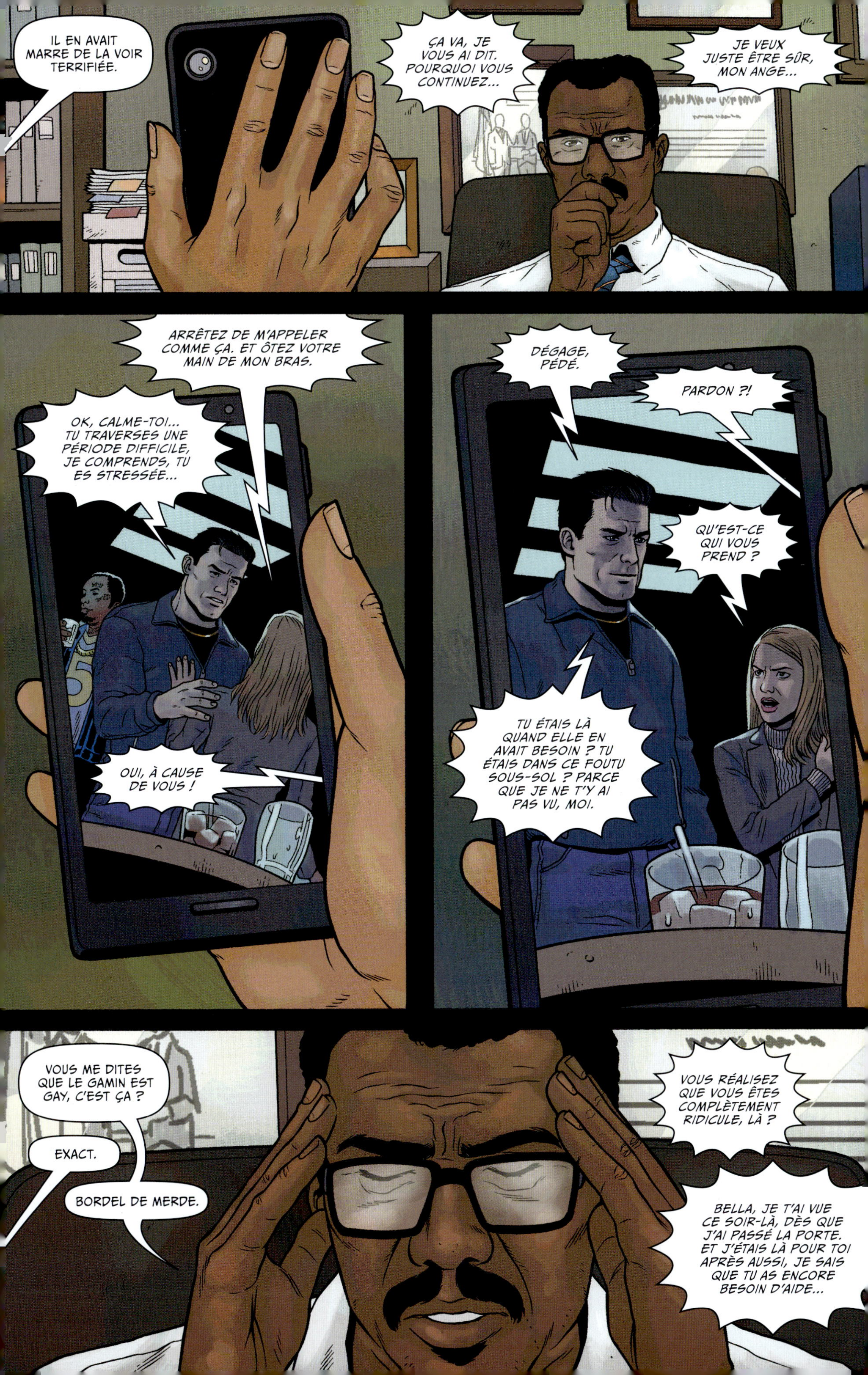
IL EN AVAIT MARRE DE LA VOIR TERRIFIÉE.
ÇA VA, JE VOUS AI DIT. POURQUOI VOUS CONTINUEZ...
JE VEUX JUSTE ÊTRE SÛR, MON ANGE...
ARRÊTEZ DE M'APPELER COMME ÇA. ET ÔTEZ VOTRE MAIN DE MON BRAS.
OK, CALME-TOI... TU TRAVERSES UNE PÉRIODE DIFFICILE, JE COMPRENDS, TU ES STRESSÉE...
OUI, À CAUSE DE VOUS !
DÉGAGE, PÉDÉ.
PARDON ?!
QU'EST-CE QUI VOUS PREND ?
TU ÉTAIS LÀ QUAND ELLE EN AVAIT BESOIN ? TU ÉTAIS DANS CE FOUTU SOUS-SOL ? PARCE QUE JE NE T'Y AI PAS VU, MOI.
VOUS ME DITES QUE LE GAMIN EST GAY, C'EST ÇA ?
EXACT.
BORDEL DE MERDE.
VOUS RÉALISEZ QUE VOUS ÊTES COMPLÈTEMENT RIDICULE, LÀ ?
BELLA, JE T'AI VUE CE SOIR-LÀ, DÈS QUE J'AI PASSÉ LA PORTE. ET J'ÉTAIS LÀ POUR TOI APRÈS AUSSI, JE SAIS QUE TU AS ENCORE BESOIN D'AIDE...

ET COMMENT VOUS SAVEZ CE QU'IL LUI FAUT ? M. L'AGENT ?
À CAUSE DE CE QU'IL Y A ENTRE NOUS, DE CE QU'ON A PARTAGÉ. JE SAIS CE DONT ELLE A BESOIN ET CE N'EST PAS TOI QUI LUI DONNERAS.
OH, C'EST PAS VRAI !
J'AI BESOIN DE SA MAJESTÉ, GRAVE.
LE GOSSE VA DIFFUSER LES IMAGES ?
IL M'A DIT QU'IL EN A PARLÉ À BELLA ET ELLE A REFUSÉ. MAIS C'ÉTAIT AVANT SA MORT.
MERDE.
CE SERAIT BEAUCOUP S'AVANCER D'AFFIRMER QUE CONNOLLY EST IMPLIQUÉ...
POUR L'INSTANT, C'EST LA SEULE PISTE QUE J'AI.
BON. J'AI BESOIN DE TEMPS POUR...
PUTAIN !
LE SYNDICAT VA GUEULER, SI ON NE FAIT NE SERAIT-CE QUE MATER KEITH CONNOLLY.
LAISSEZ-MOI LA SOIRÉE, AMY, OK ? JE DOIS TROUVER COMMENT GÉRER ÇA AU MIEUX.
VOUS ME DEMANDEZ D'ARRÊTER ?
NON. NON, PAS DU TOUT.
JE VOUS FAIS CONFIANCE. JE VOUS COUVRE. MAIS FAITES-MOI AUSSI CONFIANCE.

CETTE VUE NE CESSERA JAMAIS DE M'ATTRISTER.
DES FILLES MORTES ALIGNÉES.
MM.
CET ÉTÉ, ON EN A EU QUATRE. C'ÉTAIT... JE NE SAIS PAS... PORNOGRAPHIQUE. COMME SI CE MONSTRE LES AVAIT DISPOSÉES COMME ÇA EXPRÈS.
QUAND J'AI SU QU'ON L'AVAIT TUÉ, J'AI EXULTÉ, DISCRÈTEMENT. J'AI PENSÉ... CELLE-LÀ, IL NE L'A PAS EUE.
ET MAINTENANT, LA VOILÀ.
ATTENDS, QUATRE ? DONT UNE À WILLIAMSBURG, NON ? ELLE ÉTAIT ALLÉE À...
OUI, TU AS RAISON. LA QUATRIÈME A ÉTÉ TUÉE À UNE MANIF B.L.M.

PAS UN MOT SUR LES FLICS.
D'ACCORD.
ILS ONT JUSTE LAISSÉ UNE VOITURE LA RENVERSER. DONC, TECHNIQUEMENT, VOUS ÊTES TRANQUILLES.
TU SAIS CE QUE JE PENSE DE CES COMPORTEMENTS, CLAYTON.
J'AI DÉJÀ MON INÉVITABLE COUSINE SUR LE DOS, JE ME PASSE DES REMARQUES DES AMIS.
AH OUI. COMMENT TU L'APPELLES ?
L'HORRIBLE SARAH.
L'HORRIBLE SARAH, C'EST ÇA.
PARDON, AMY. REVENONS À L'AFFAIRE.
PREP
ELLE AURAIT PU SURVIVRE À LA CHUTE... MALGRÉ LES FRACTURES DU CRÂNE, DES JAMBES, LES LÉSIONS INTERNES... SI LES SECOURS ÉTAIENT ARRIVÉS À TEMPS.
MAIS PEU IMPORTE, VU LA BLESSURE AU COUTEAU. ELLE ÉTAIT VRAISEMBLABLEMENT INCONSCIENTE... SINON MORTE... AVANT DE TOUCHER LE SOL.
DES INDICES SUR L'ARME ?
FIBRES SUR LE MANCHE, ENCORE NON IDENTIFIÉES. ADN, EMPREINTES, C'EST EN COURS. MAIS C'ÉTAIT SON COUTEAU.
POUR INFO : ELLE AURAIT PU LE FAIRE ELLE-MÊME ?
TRÈS PEU PROBABLE.
MAIS POSSIBLE ?

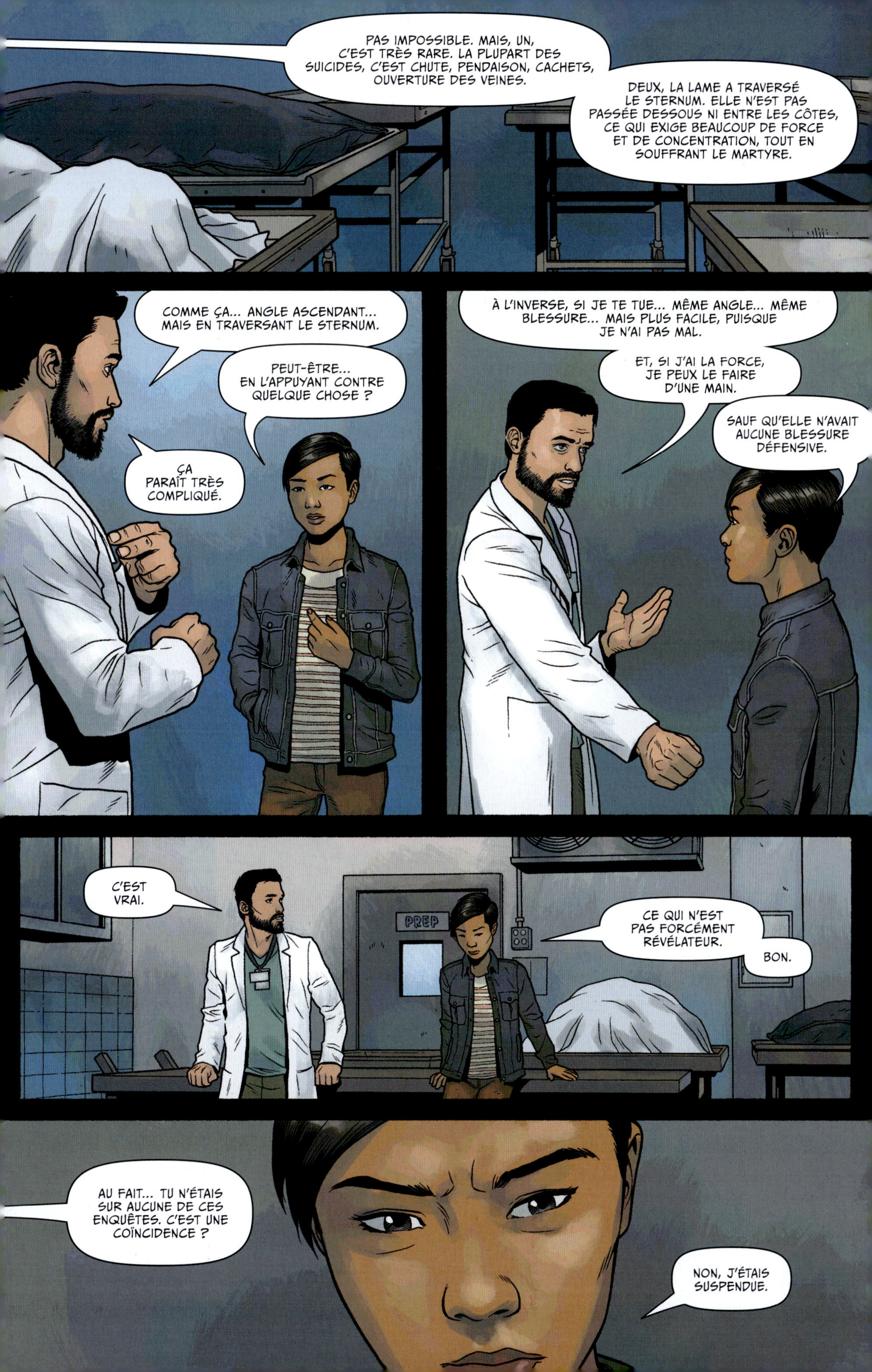
PAS IMPOSSIBLE. MAIS, UN, C'EST TRÈS RARE. LA PLUPART DES SUICIDES, C'EST CHUTE, PENDAISON, CACHETS, OUVERTURE DES VEINES.
DEUX, LA LAME A TRAVERSÉ LE STERNUM. ELLE N'EST PAS PASSÉE DESSOUS NI ENTRE LES CÔTES, CE QUI EXIGE BEAUCOUP DE FORCE ET DE CONCENTRATION, TOUT EN SOUFFRANT LE MARTYRE.
COMME ÇA... ANGLE ASCENDANT... MAIS EN TRAVERSANT LE STERNUM.
PEUT-ÊTRE... EN L'APPUYANT CONTRE QUELQUE CHOSE ?
ÇA PARAÎT TRÈS COMPLIQUÉ.
À L'INVERSE, SI JE TE TUE... MÊME ANGLE... MÊME BLESSURE... MAIS PLUS FACILE, PUISQUE JE N'AI PAS MAL.
ET, SI J'AI LA FORCE, JE PEUX LE FAIRE D'UNE MAIN.
SAUF QU'ELLE N'AVAIT AUCUNE BLESSURE DÉFENSIVE.
C'EST VRAI.
PREP
CE QUI N'EST PAS FORCÉMENT RÉVÉLATEUR.
BON.
AU FAIT... TU N'ÉTAIS SUR AUCUNE DE CES ENQUÊTES. C'EST UNE COÏNCIDENCE ?
NON, J'ÉTAIS SUSPENDUE.

OH... JE N'AI PAS FAIT LE LIEN.
ENCORE PARDON.
SINON, J'AURAIS ÉTÉ EN PREMIÈRE LIGNE.
DU COUP, J'AI DROIT AU MERDIER D'APRÈS.
EST-CE QUE TU AS UN SUSPECT ?
NE CHERCHE PAS.
CROIS-MOI, C'EST MIEUX DE NE PAS SAVOIR.
JE TE CROIS.
TOUJOURS UN PLAISIR, MALGRÉ LES CIRCONSTANCES. ET MA GRANDE GUEULE.
RAPPORT COMPLET ?
DEMAIN MIDI.
À PART ÇA, COMMENT ÇA VA ?
MORT. ET TOI ?
PAS D'OS À RONGER.
PAUVRES DE NOUS.
J'APPELLERAIS LA CAVALERIE ET JE T'ENLÈVERAIS, SI LES CHOSES ÉTAIENT DIFFÉRENTES.

... JUSTE UN TRUC QUI M'EST REVENU, QUE JE VOULAIS VÉRIFIER. QUAND VOUS VOUS DISPUTEZ AVEC LE SERGENT CONNOLLY, REPASSE-LE, TU L'ENTENDRAS.
BELLA FAIT ALLUSION À *SA MAJESTÉ*...
SA MAJESTÉ, OUI. TU AS UNE IDÉE DE CE À QUOI ELLE FAIT ALLUSION ?
S'IL TE PLAÎT, RÉÉCOUTE, RÉFLÉCHIS-Y... ET SI QUOI QUE CE SOIT TE REVIENT, CONTACTE-M...
JE TE RAPPELLE, BRIAN.

INSPECTRICE SUN...
QU'EST-CE QUE VOUS FOUTEZ DANS MON APPART ?
VOUS SAVEZ... COMMENT...
À VOTRE AVIS ?
SURTOUT, VOUS RESTEZ OÙ VOUS ÊTES !
COMMENT VOUS EXPLIQUERIEZ ÇA ?
OH, JE TROUVERAI S'IL LE FAUT.
SI J'AI RAISON POUR BELLA RHINEBECK, VOTRE INTRUSION ICI ET VOTRE MORT SE JUSTIFIERAIENT PARFAITEMENT.
BIEN SÛR. VOUS AVEZ DE L'EXPÉRIENCE EN LA MATIÈRE.
ENFOIRÉ.
HÉ.

J'AI LU VOTRE RAPPORT. C'EST INCROYABLE COMME VOUS VOUS EN ÊTES BIEN SORTIE.
ET JE M'Y CONNAIS EN FUSILLADES IMPLIQUANT DES FLICS.
CE TÉMOIN... CELUI QUE VOUS AVEZ SAUVÉ... ELLE A DIT EXACTEMENT CE QU'IL FALLAIT. CE QU'ELLE A VU ET ENTENDU, C'ÉTAIT PARFAIT.
ET SI J'ALLAIS L'INTERROGER ?
VOUS FAITES CE QUE VOUS VOULEZ.
JE N'AI PAS TUÉ CETTE GARCE INGRATE.
INGRATE ?
ESPÈCE DE CONNARD ! VOUS FAITES VOTRE DEVOIR, CE QU'ON ATTEND DE VOUS, ET ELLE VOUS ***DEVRAIT*** QUELQUE CHOSE ?
DU CALME.
ELLE EST TRAUMATISÉE, VULNÉRABLE, TERRIFIÉE AU POSSIBLE... PUTAIN, C'EST QUOI, LE PROBLÈME CHEZ VOUS ?
JE NE L'AI PAS TUÉE. ET JE NE VEUX PAS VOIR MON NOM MÊLÉ À ÇA.
VOUS SAVEZ COMMENT ÇA MARCHE.

VOTRE AFFAIRE A ÉTÉ ÉTOUFFÉE.
VOUS SAVEZ.
VOUS...
AH AH.
PEU IMPORTE CE QUE VOUS CROYEZ POUVOIR FAIRE.
PENSEZ À CE QUE VOTRE VIE VAUDRAIT DANS LE SERVICE.
OU POUR LE RESTE DU MONDE, SI VOUS VOUS EN PRENEZ À MOI.
BORDEL DE MERDE.

... SI VOUS N'AVEZ PAS DORMI, VOUS N'AVEZ PAS LES IDÉES CLAIRES... JE SAIS, VOUS ÊTES FURIEUSE, MAIS ÉCOUTEZ-MOI PO...
BIEN SÛR, C'EST CHEZ VOUS ! BIEN SÛR QU'IL N'AURAIT PAS DÛ !
COMMENT ÇA, ON PEUT ÊTRE DEUX À JOUER À CE JEU-LÀ ?
AMY ?
OH, NOM DE DIEU !

AAAAAAAH !
AAAAAAAH ! AAAAAAAH ! AAAAAAAH !
BON SANG...
C-C-CONNOLLY ?
AAAAAAAH !
C'EST AMY SUN ! J'ENTRE, OK ? J'ENTRE DANS LA MAISON !
ARRÊTE ! PITIÉ ! PAR PITIÉ, ARRÊTE ÇA !
OH NON ! OH NON NON ! PITIÉ, NON !
NAN !
PITIÉÉÉÉÉ !

MME CONNOLLY ?
MON DIEU ! EGHKK
VOUS... VOUS ÊTES...

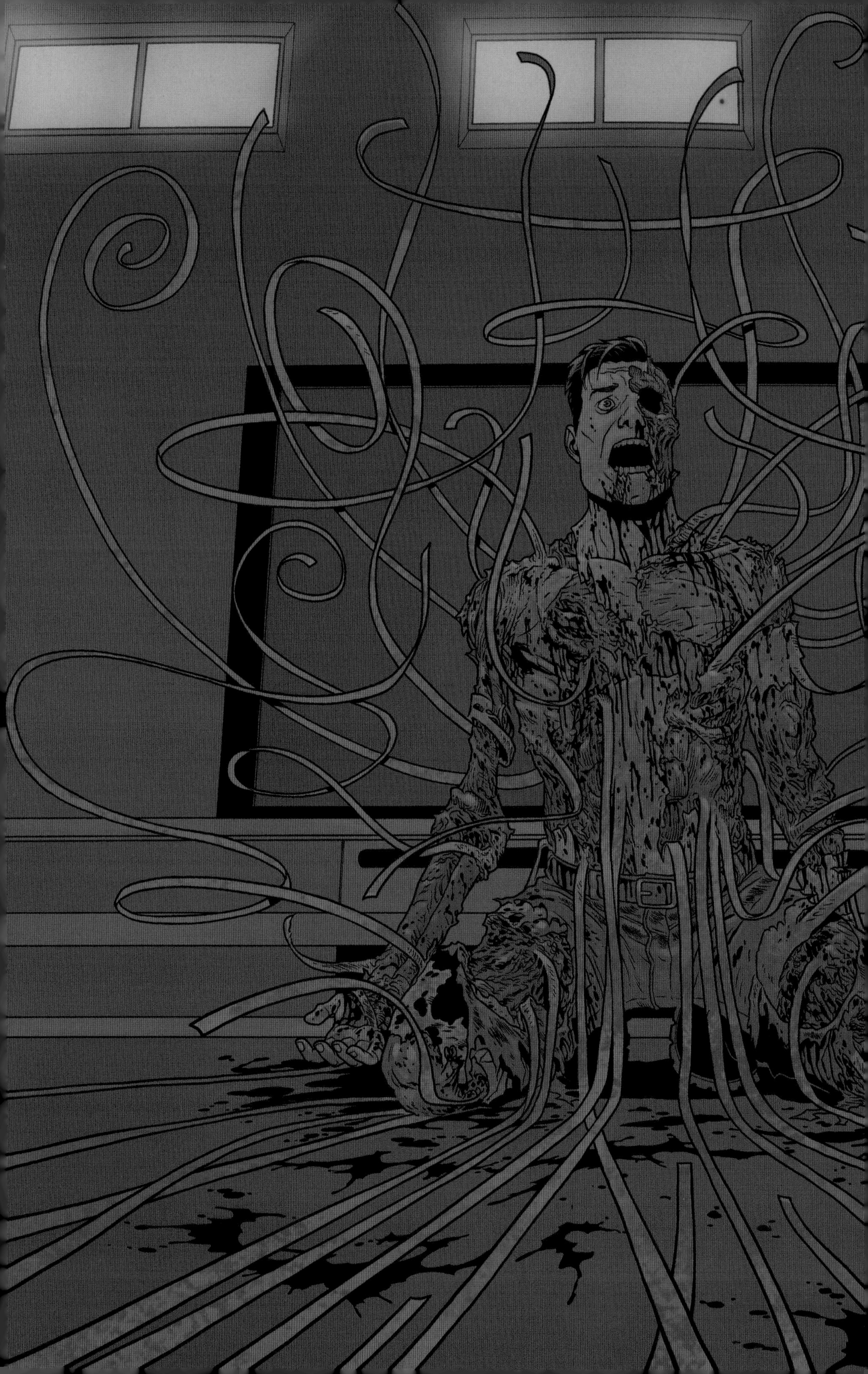

ZUN

FAIB
LAH
ARRE
DER
NON...

Ribbon Queen (2023) 2
Couverture : **DECLAN SHALVEY**

AMY ?
F.D. N.Y.
NYPD
MM ?
LES ENFANTS SONT TÉTANISÉS ET ON A DÛ DONNER UN SÉDATIF À LA MÈRE.
QU... QU'EST-CE QUI S'EST PASSÉ ?
QUELQU'UN LUI A FAIT ÇA, OK, AVEC UN COUTEAU OU AUTRE, MAIS... ÇA A DÛ PRENDRE DES HEURES, DES JOURS...
... ON A DÛ FORCER LA FAMILLE À REGARDER, MAIS...
... MAIS...
JE SAIS PAS.

"IL ÉTAIT COMME ÇA À MON ARRIVÉE."
2 : COMMENT DIRE L'IMPOSSIBLE
VOUS ÊTES EN ÉTAT DE CHOC...
NON.

CSU
NON, LE CHOC DE CE QUE J'AI VU M'A DÉCHOQUÉE, JE CROIS.
HEIN ?
VOUS DÉLIREZ, VOUS N'ÊTES PLUS À MÊME...
POURQUOI AVOIR DIT À CONNOLLY QUE JE LE SOUPÇONNAIS POUR BELLA RHINEBECK ?

AMY, VOUS N'AVEZ PAS LES IDÉES CLAIRES.
JE VAIS TRÈS BIEN, ET JE VOIS QUE VOUS ESSAYEZ DE M'EMBOBINER.
IL S'EST INTRODUIT CHEZ MOI. IL M'A MENACÉE.
UNE MINUTE, S'IL VOUS PLAÎT.
OH...
NYPD
MERDE.
VOUS ÊTES FURIEUSE, JE COMPRENDS... C'EST NORMAL... MAIS VOUS ME FERIEZ UNE FAVEUR ?
À VOUS, CAPITAINE ?
JE SUIS AVEC VOUS...
VOUS ALLEZ ME DEMANDER DE VOUS FAIRE ENCORE CONFIANCE ?
VOUS AVEZ VU QUI EST ARRIVÉ ? VOUS NE DEVRIEZ MÊME PAS ÊTRE LÀ, IL N'Y A AUCUNE RAISON QUE VOUS SOYEZ LÀ.
ÉCLIPSONS-NOUS DISCRÈTEMENT. NE PARLONS PAS DE LA VISITE DE CONNOLLY CHEZ VOUS AVANT D'EN SAVOIR PLUS.

PAS BESOIN DE VOUS, MERCI.
CLAYTON
(5) APPELS MANQUÉS
CLAYTON ?
AMY, JE... ÉCOUTE, TU NE VAS PAS LE CROIRE, C'EST VRAIMENT BIZARRE...
... JE SUIS VENU FINIR L'AUTOPSIE DE LA FILLE RHINEBECK CE MATIN ET... ELLE N'EST PLUS LÀ.
LE TIROIR EST VIDE. SON CORPS A DISPARU.
OUAIS.
PAS DE DOUTE, C'EST DU LOURD.

C'EST GENTIL, MERCI.
ÇA VA ?
J'Y TRAVAILLE.
C'EST QUOI, CE BAZAR ?
ON A FERMÉ POUR LA JOURNÉE. ON M'A DIT DE RENTRER ET DE RESTER EN VILLE.
SÉRIEUX ?
UN CADAVRE QUI DISPARAÎT DE LA MORGUE, C'EST GRAVE. LA SCIENTIFIQUE PASSE LES LIEUX AU PEIGNE FIN. MOI, ON M'A INTERROGÉ DEUX FOIS.
JE PENSE LES AVOIR CONVAINCUS QUE JE NE L'AI PAS VENDUE.
ET PERSONNE N'A RIEN VU ?
LE VEILLEUR DE NUIT AURAIT ENTENDU UNE SUCCESSION DE CLIQUETIS TRÈS FORTS.
QUAND IL A POSÉ SON SODA ET SON BEIGNET POUR ALLER VOIR, IL A TROUVÉ TOUTES LES PORTES QUI DEVAIENT ÊTRE VERROUILLÉES... DE CELLE DE LA MORGUE À L'ENTRÉE... OUVERTES.
A PRIORI, LES CLICS, C'EST LES VERROUS QUI ONT SAUTÉ. ILS N'ONT PAS ÉTÉ CASSÉS, C'EST LE MÉCANISME À L'INTÉRIEUR QUI A SAUTÉ.

GENRE QUELQU'UN A TOURNÉ LES POIGNÉES ET L'IMPENSABLE S'EST PRODUIT.
DES EMPREINTES ?
ILS CHERCHENT.
BELLA...
POLICE
LES SIENNES ?
JE VEUX DIRE...
QUE CE SERAIT... BON SANG, CE SERAIT QUOI ?
... DANS QUEL ÉTAT ELLE ÉTAIT QUAND TU AS...
TERMINÉ L'AUTOPSIE ? JE L'AI OUVERTE, AMY.
COMPLÈTEMENT. MÊME SI ON N'AVAIT PAS ENCORE PRONONCÉ SA MORT, ELLE N'ÉTAIT NI DANS LE COMA NI DANS UN ÉTAT DONT ELLE AURAIT PU ÉMERGER.
TU ES SÛRE QUE TU VAS BIEN ?
JE...
J'ÉTAIS À STATEN ISLAND CE MATIN. IL Y A EU... COMMENT DÉCRIRE ÇA ?
CHEZ CET INSPECTEUR ? CONNERY ?
CONNOLLY.

TU Y ÉTAIS ?
TOUT LE MONDE EN PARLE, AMY. LA NOUVELLE S'EST RÉPANDUE COMME UNE TRAÎNÉE DE POUDRE. TU CONNAIS LES SECOURS ET LES FLICS.
PERSONNE NE SAIT VRAIMENT CE QU'IL Y A EU À PART UN BAIN DE SANG, PERSONNE NE SAIT QUOI FAIRE... COMME SI LE SERVICE ÉTAIT SOUDAIN DEVENU UN POULET SANS TÊTE.
QUELQU'UN A MÊME DIT QUE LE LÉGISTE A PANIQUÉ SUR PLACE.
J'AI TORT DE PENSER QU'IL Y A UN LIEN ENTRE *ÇA*... TON ÉTAT... ET TON INTÉRÊT POUR MA PETITE BIZARRERIE À LA MORGUE ?
JE SAIS QUE TU ENQUÊTES SUR LA MORT DE RHINEBECK, MAIS DE LÀ À VENIR DIRECT ICI APRÈS AVOIR ÉTÉ TÉMOIN DE...
FRANCHEMENT, CLAYTON ?
JE NE SAIS PAS COMMENT EXPLIQUER QUE J'AI VU L'IMPOSSIBLE.
ET QUELQU'UN D'IMPOSSIBLE.
JUSTE AVANT QUE ÇA ARRIVE.
SI JE L'AVAIS RACONTÉ À MON CAPITAINE, IL M'AURAIT FAIT ENFERMER. NORMAL.
MAIS...
JE T'ÉCOUTE.

J'AI EU TON MESSAGE, BRIAN.
J'AI DIT QUE JE NE SAVAIS RIEN.
À PROPOS DE SA MAJESTÉ.
OUAIS.
J'AI PLUSIEURS AUTRES QUESTIONS À TE POSER.
MON COLOC NE VA PAS TARDER À RENTRER DE SES COURS...
CE NE SERA PAS LONG.
JE... JE NE SAIS PAS SI...
BRIAN, TU ÉTAIS L'AMI DE BELLA.
TU TENAIS ASSEZ À ELLE POUR LA FILMER AVEC LE SERGENT CONNOLLY, À TES RISQUES ET PÉRILS. JE NE PEUX PAS CROIRE QUE TU NE VEUILLES PAS VOIR SON MEURTRIER JUGÉ.
COMMENT... C'EST PAS *LUI* ?
JE N'EN SUIS PAS SÛRE.
TU M'AS DIT QU'IL EST ALLÉ LA VOIR À L'HÔPITAL, PUIS QU'IL L'A HARCELÉE QUAND ELLE EST REVENUE.
JE ME DEMANDE SI... S'IL N'A PAS FAIT AUTRE CHOSE...
... QUI L'AURAIT *VRAIMENT* PERTURBÉE.

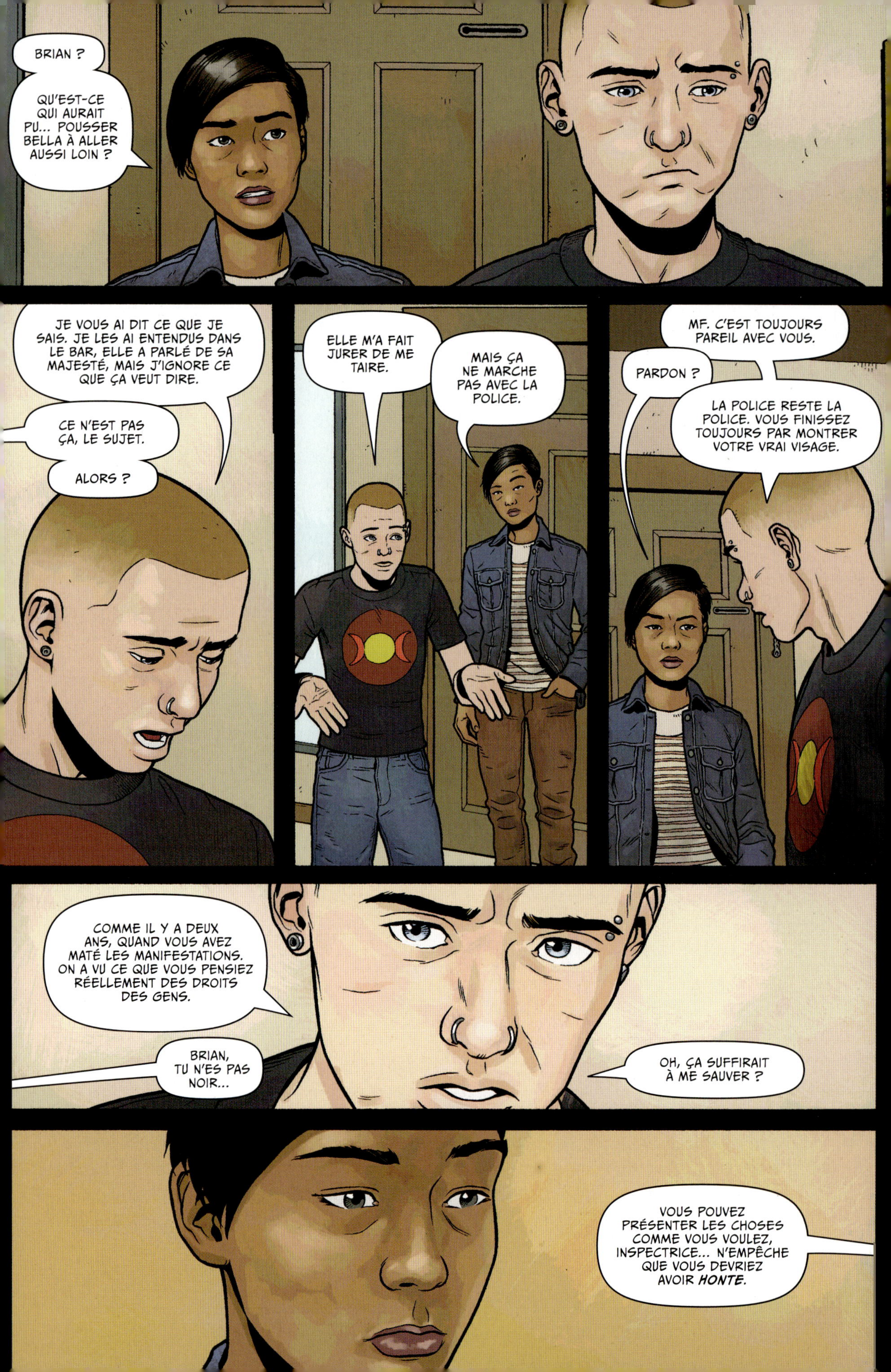
BRIAN ?
QU'EST-CE QUI AURAIT PU... POUSSER BELLA À ALLER AUSSI LOIN ?
JE VOUS AI DIT CE QUE JE SAIS. JE LES AI ENTENDUS DANS LE BAR, ELLE A PARLÉ DE SA MAJESTÉ, MAIS J'IGNORE CE QUE ÇA VEUT DIRE.
CE N'EST PAS ÇA, LE SUJET.
ALORS ?
ELLE M'A FAIT JURER DE ME TAIRE.
MAIS ÇA NE MARCHE PAS AVEC LA POLICE.
MF. C'EST TOUJOURS PAREIL AVEC VOUS.
PARDON ?
LA POLICE RESTE LA POLICE. VOUS FINISSEZ TOUJOURS PAR MONTRER VOTRE VRAI VISAGE.
COMME IL Y A DEUX ANS, QUAND VOUS AVEZ MATÉ LES MANIFESTATIONS. ON A VU CE QUE VOUS PENSIEZ RÉELLEMENT DES DROITS DES GENS.
BRIAN, TU N'ES PAS NOIR...
OH, ÇA SUFFIRAIT À ME SAUVER ?
VOUS POUVEZ PRÉSENTER LES CHOSES COMME VOUS VOULEZ, INSPECTRICE... N'EMPÊCHE QUE VOUS DEVRIEZ AVOIR *HONTE*.

LÀ-DESSUS... JE N'AI PAS GRAND-CHOSE À REDIRE.
TU AS RAISON. JE SUIS FLIC. JE PEUX T'ARRÊTER SI TU NE RÉPONDS PAS À MES QUESTIONS.
MAIS AVANT D'EN ARRIVER LÀ, DEMANDE-TOI PLUTÔT : QUI D'AUTRE BELLA A-T-ELLE DE SON CÔTÉ ?
MM ?
ELLE...
ELLE A DIT QU'ELLE VOULAIT L'ENREGISTRER ELLE.
SÉRIEUX ?
"C'EST MOI QUI LUI AI DONNÉ L'IDÉE. UNE AMIE À ELLE, ÉTUDIANTE EN DROIT, A DIT QUE ÇA NE SUFFIRAIT PAS... ÇA POURRAIT ÉCLABOUSSER CONNOLLY, MAIS ÇA RESTAIT AMBIGU. ET PUIS, C'ÉTAIT UN FLIC."
"BELLA VOULAIT L'AMENER À DIRE UN TRUC COMPROMETTANT. ON A DIT QUE C'ÉTAIT RISQUÉ, QU'IL POURRAIT VRAIMENT LUI FAIRE DU MAL ET QU'IL SE CALMERAIT PEUT-ÊTRE SI ELLE LE SIGNALAIT.»

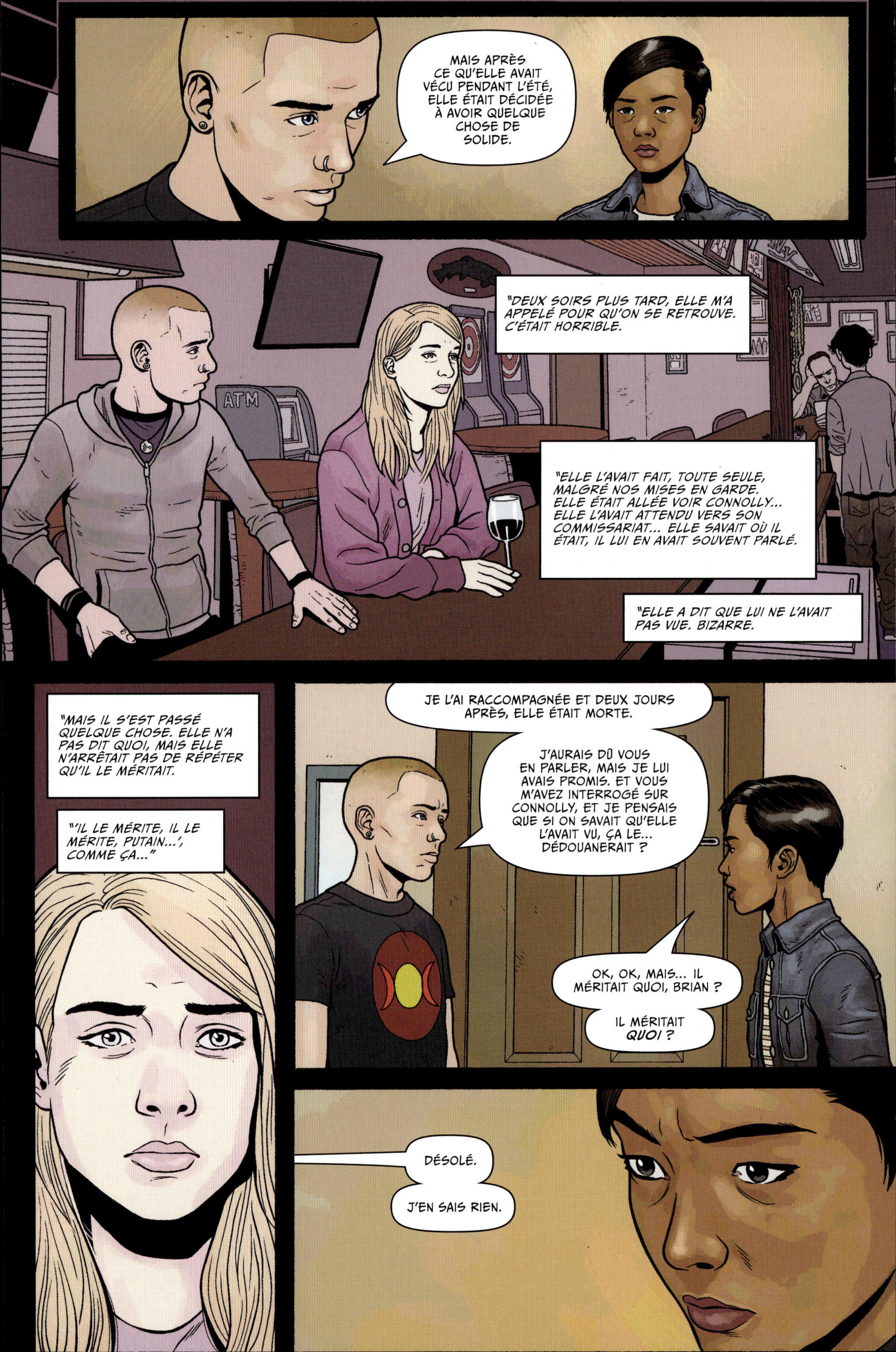
MAIS APRÈS CE QU'ELLE AVAIT VÉCU PENDANT L'ÉTÉ, ELLE ÉTAIT DÉCIDÉE À AVOIR QUELQUE CHOSE DE SOLIDE.
"DEUX SOIRS PLUS TARD, ELLE M'A APPELÉ POUR QU'ON SE RETROUVE. C'ÉTAIT HORRIBLE.
ATM
"ELLE L'AVAIT FAIT, TOUTE SEULE, MALGRÉ NOS MISES EN GARDE. ELLE ÉTAIT ALLÉE VOIR CONNOLLY... ELLE L'AVAIT ATTENDU VERS SON COMMISSARIAT... ELLE SAVAIT OÙ IL ÉTAIT, IL LUI EN AVAIT SOUVENT PARLÉ.
"ELLE A DIT QUE LUI NE L'AVAIT PAS VUE. BIZARRE.
"MAIS IL S'EST PASSÉ QUELQUE CHOSE. ELLE N'A PAS DIT QUOI, MAIS ELLE N'ARRÊTAIT PAS DE RÉPÉTER QU'IL LE MÉRITAIT.
"'IL LE MÉRITE, IL LE MÉRITE, PUTAIN...', COMME ÇA..."
JE L'AI RACCOMPAGNÉE ET DEUX JOURS APRÈS, ELLE ÉTAIT MORTE.
J'AURAIS DÛ VOUS EN PARLER, MAIS JE LUI AVAIS PROMIS. ET VOUS M'AVEZ INTERROGÉ SUR CONNOLLY, ET JE PENSAIS QUE SI ON SAVAIT QU'ELLE L'AVAIT VU, ÇA LE... DÉDOUANERAIT ?
OK, OK, MAIS... IL MÉRITAIT QUOI, BRIAN ?
IL MÉRITAIT *QUOI* ?
DÉSOLÉ.
J'EN SAIS RIEN.

QU'EST-CE QUE VOUS VENEZ DE ME DIRE ?
CAPT. B. F. TEMPLE
SI VOUS M'AVEZ VENDUE À CONNOLLY, IL Y A UNE RAISON, NON ?
À PART ÊTRE EN BURN-OUT ET FLIPPER POUR VOTRE RETRAITE.
HÉ, À QUI VOUS CROYEZ PARLER, BORDEL ?!
MÊME SI J'ESSAIE DE VOUS PROTÉGER, JE RESTE VOTRE CHEF ! VOUS DEVEZ ME RENDRE COMPTE DES AVANCÉES DE L'ENQUÊTE !
IL EST VENU CHEZ MOI, VOUS COMPRENEZ ÇA ? IL EST VENU CHEZ MOI, PUTAIN !
J'IGNORAIS QU'IL IRAIT JUSQUE-LÀ.
LES TYPES COMME CONNOLLY TIENNENT LES GENS COMME MOI À LA GORGE, HIÉRARCHIE OU PAS...
OH, UN PEU DE COUILLES !
DES COUILLES ? OH ?
VOUS AVEZ LA MÉMOIRE COURTE, INSPECTRICE SUN.

RAPPELEZ-VOUS. VOUS ASSISE LÀ, MOI EN FACE. ET JE NE VOUS POSE PAS LA QUESTION QUE JE DEVRAIS SUR VOTRE RAPPORT SUR LA FUSILLADE.
ET VOUS ME DITES :
"JE CROYAIS QUE SEULS LES FLICS BLANCS S'EN SORTAIENT, CAPITAINE."
NAVRÉ DE LUI AVOIR PARLÉ DE VOUS.
IL VOULAIT SAVOIR QUI S'OCCUPAIT DE LA MORT DE LA FILLE RHINEBECK.
JE REGRETTE TELLEMENT. VOUS NE ME FEREZ PLUS CONFIANCE MAINTENANT.
C'EST JUSTE...
... LES FUMIERS COMME LUI, ET CE QU'ILS PENSENT POUVOIR FAIRE IMPUNÉMENT.
PAS CONNOLLY.
PLUS.

SALUT, AMY, C'EST SARAH.
MERDE !
COMME D'HAB, C'EST **MOI** QUI T'APPELLE.
JE SUIS LIBRE TOUTE LA SEMAINE, SAUF VENDREDI ET SAMEDI... ET LUNDI... ET JE DOIS ME COUCHER TÔT JEUDI...
HÉ !
... ALORS, RAPPELLE-MOI... QUAND TU POURRAS...
C'EST MIXTE ? C'EST NOUVEAU ! VOUS PERMETTEZ ?
OÙ EST TON ARME ?
QUOI ?
ENFERMÉE DANS TON BUREAU. C'EST LE RÈGLEMENT.
UN POTE M'A DIT QUE TU ALLAIS LE PIÉGER HIER SOIR.
CONNOLLY ?
QU'EST-CE QUE TU LUI AS FAIT ?
VOUS ÊTES MALADES. VOUS RÉALISEZ OÙ VOUS ÊTES ?

IL S'EN PASSE DES CHOSES DANS UN COMMISSARIAT. ME TENTE PAS.
VOUS...
ON DIRAIT QU'ON L'A PASSÉ DANS UNE MACHINE. SA FEMME ET SES GOSSES ONT MORFLÉ. T'AS FAIT QUOI ?
VOUS CROYEZ QUE C'EST MOI ?
TU Y ÉTAIS. TU FOUTAIS QUOI LÀ-BAS ?
DIS-MOI CE QUE TU LUI AS FAIT, PETITE PUTE BRIDÉE, OU JE T'ENCULE JUSQU'À TE FAIRE CREVER !
HNH !
NAH !
CHALE GARCHE !
KOF ! KOF !
NOM DE DIEU !
CHE L'AI DÉFONCHÉE !

GARDE LA PORTE !
HEIN ? ATTENDS, ON DEVAIT JUSTE LUI FAIRE PEUR !
GARDE LA PUTAIN DE PORTE ! ET BAISSE D'UN TON !
NON ! JOE, PARLE-MOI ! TU VAS FAIRE QUOI ?
JOE !
QU'EST-CE QUI TE PREND, BORDEL ?
C'EST À MOI QUE TU DEMANDES ÇA ? APRÈS CE QU'ELLE LUI A FAIT ?
COMMENT ELLE AURAIT PU ?
VOYONS DÉJÀ CE QU'ELLE SAIT. APRÈS, ON...
NYPD
PAUVRE CON, TU SAIS DEPUIS QUAND JE CONNAIS KEITH CONNOLLY ? JE VAIS PAS FINASSER QUAND UNE SALOPE LE MASSACRE !
TU...

JOE ?
AAH !
NON, NON !
QU'EST...
PUTAIN DE MERDE...
À L'AIDE !
À À À...

À
BORDEL...
NON...
AU SECOURS...

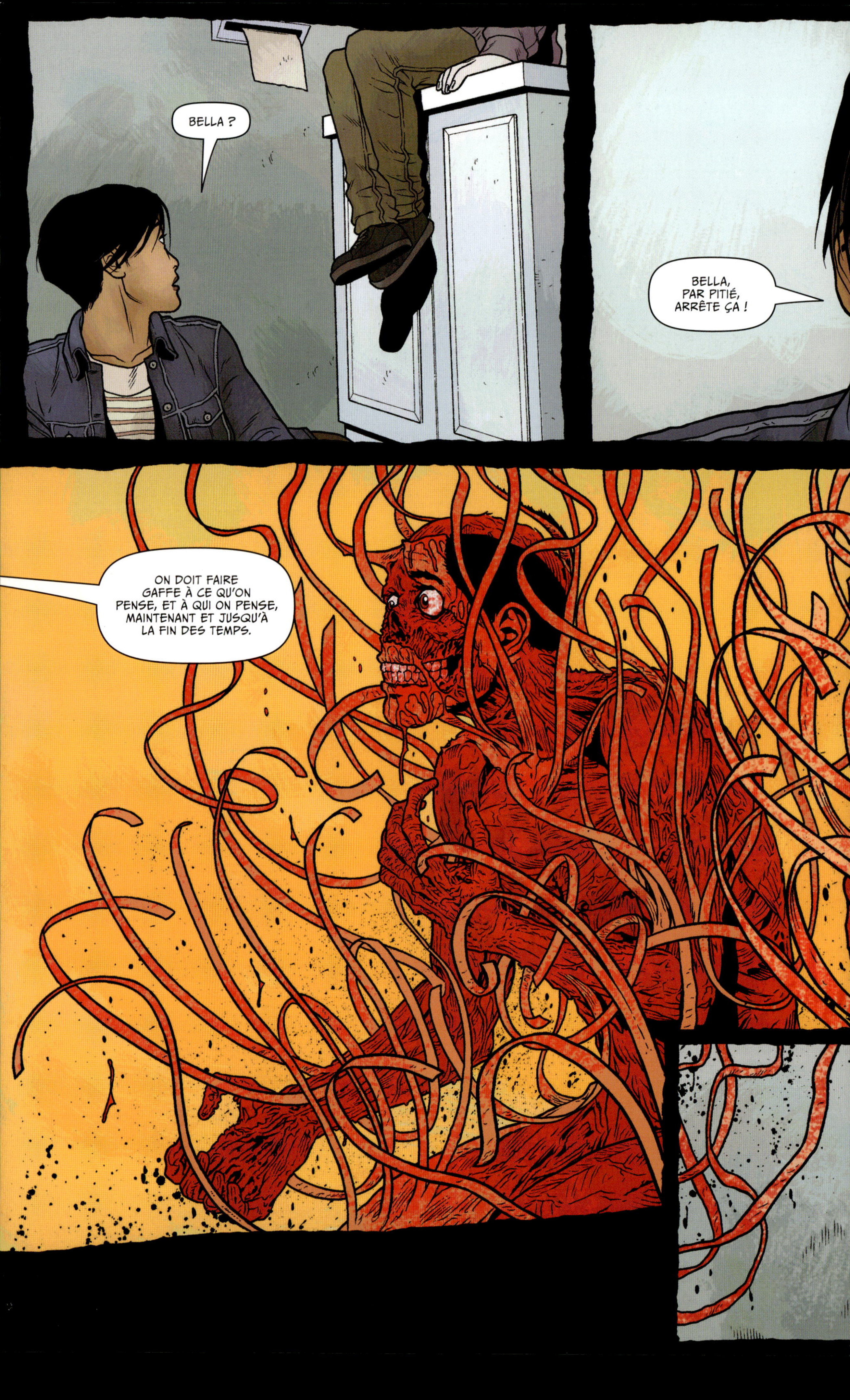
BELLA ?
BELLA, PAR PITIÉ, ARRÊTE ÇA !
ON DOIT FAIRE GAFFE À CE QU'ON PENSE, ET À QUI ON PENSE, MAINTENANT ET JUSQU'À LA FIN DES TEMPS.

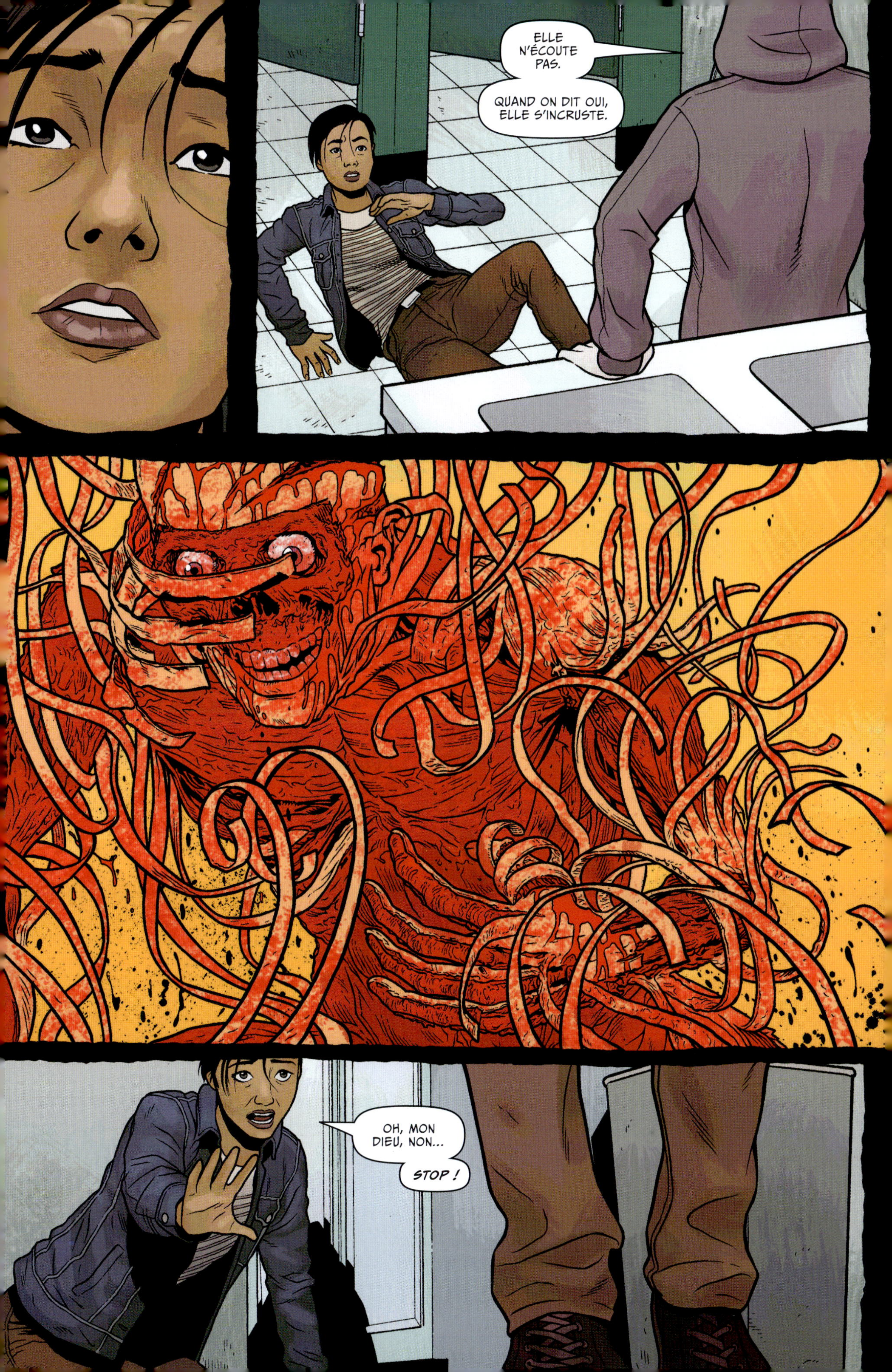
ELLE N'ÉCOUTE PAS.
QUAND ON DIT OUI, ELLE S'INCRUSTE.
OH, MON DIEU, NON...
STOP !

RETROUVE-MOI.

Ribbon Queen (2023) 3
Couverture : **DECLAN SHALVEY**

3 : DE L'AUTRE CÔTÉ DE L'OCÉAN

"LE SWAT ÉTAIT DANS LES BOUCHONS. LA FEMME SERAIT MORTE AVANT QUE QUELQU'UN NE DÉBARQUE.
"ELLE ÉTAIT MORTE DE TOUTE FAÇON, A DIT LE SERGENT, MAIS SI J'ÉTAIS PRÊTE À RISQUER MA PEAU, IL NE M'EN EMPÊCHERAIT PAS.
"J'AI GARDÉ LA TÊTE FROIDE. J'IMAGINAIS TRÈS BIEN CE QUE LE TUEUR ME FERAIT SI JE CRIAIS 'LÂCHE TON ARME' ET QU'IL SE RETOURNAIT EN VISANT VAGUEMENT DANS MA DIRECTION.
"IL DISAIT 'ALORS, QUI EST VIRÉ, ENCULÉE, QUI EST VIRÉ ?' ET LÀ, LA FEMME S'EST MISE À PLEURER ET IL A DIT... FAIT CHIER.
"J'AI COMPRIS QUE ÇA URGEAIT.
"ET SEULEMENT LÀ, J'AI PANIQUÉ."
REBECCA ? VOUS DEVEZ DIRE QUE VOUS M'AVEZ ENTENDUE.
OUI... VOUS M'AVEZ SAUVÉ LA VIE... TOUT CE QUE...
ÉCOUTEZ-MOI. VOUS DEVEZ DIRE QUE VOUS M'AVEZ ENTENDUE CRIER "LÂCHE TON ARME".

TU M'AS DÉJÀ RACONTÉ. ON AVAIT BU TOUTE LA TEQUILA, TU TE SOUVIENS ?
OUI. JE ME SUIS RÉVEILLÉE COMPLÈTEMENT FRACASSÉE.
JE T'AI DIT QU'ELLE N'ÉTAIT PAS SI CONVAINCANTE FINALEMENT ?
NON.
APRÈS CE QU'ELLE A VÉCU, ELLE A FAIT UNE DÉPRESSION. ELLE S'EST EFFONDRÉE DÈS QU'ILS ONT RETRACÉ LES FAITS.
JE NE LA BLÂME PAS, MAIS J'AI DÛ FAIRE AVEC DANS MON RAPPORT.
MAIS... TU T'EN ES...
BIEN SORTIE ?
OUI ET NON. D'ACCORD, ON A CLOS LE DOSSIER.
MAIS, DANS LE SERVICE, ON NE M'A PLUS REGARDÉE COMME AVANT. EN PARTIE PARCE QUE... ET JE LE RECONNAIS... ÇA CRAINT.
ET AUSSI PARCE QUE JE NE M'APPELLE PAS O'MALLEY, KELLY OU SHEEN, SINON TOUT LE MONDE S'EN FOUTRAIT.
C'EST POUR ÇA QU'ON T'A SUSPENDUE ?
PLUTÔT DEMANDÉ...
... POLIMENT DE RENTRER CHEZ MOI, POUR NE PAS GÊNER LES AUTRES.

"ET LÀ, JE ME RETROUVE DEVANT CES DEUX PUTAINS D'HORREURS.
"JE SORS DISCRÈTEMENT DES TOILETTES POUR QU'UN AUTRE LES TROUVE. PAS UNE IDÉE GÉNIALE.
"MAIS IL ME FALLAIT DU TEMPS POUR ME REMETTRE. C'EST ARRIVÉ DANS MON COMMISSARIAT, ET JE SAVAIS QUE TEMPLE ME RELIERAIT AU PREMIER CAS.
"ET QUE J'AURAIS À M'EXPLIQUER."
CE N'ÉTAIT PAS DE LA DÉFIANCE, MAIS COMME SI ÇA DEVAIT ARRIVER.
"AH OUI, ELLE, BIEN SÛR."
IL Y A CE TIR... **MON** TIR, COMME ON L'APPELLE... TOUJOURS AU-DESSUS DE MA TÊTE, CE QUI NE COMPTERAIT PAS SI MON NOM N'ÉTAIT PAS SUN.
JUSTE QUAND J'AI BESOIN D'ENQUÊTER SUR CETTE AFFAIRE.

MAIS TU AS MENTI.
OUI, MAIS MES MENSONGES PÈSENT MOINS LOURD QUE CEUX DE CERTAINS.
JE SAIS.
JE COMPRENDS.
SI ON AVAIT SU LA VÉRITÉ, ON T'AURAIT ENFERMÉE, COMME HIER.
LA VÉRITÉ ÉTANT, EN L'OCCURRENCE, QUE TU AS VU UNE CHOSE IMPOSSIBLE.
ALORS... TU ME CROIS ?
ON EST AMIS DEPUIS UN BAIL.
ET JE SUIS HONORÉ QUE TU ME CONFIES TES...
OH, ARRÊTE ! TU ME PRENDS POUR UNE TARÉE. QUI NE LE FERAIT PAS ?
BLAGUE À PART.
JE NE SAIS PAS SI JE TE CROIS OU PAS, AMY. MAIS.
LA RÉPONSE À LA DISPARITION DU CORPS DE BELLA RHINEBECK DEVRAIT ÊTRE SUR LA VIDÉOSURVEILLANCE, MAIS ON AURAIT EFFACÉ LES IMAGES PAR ACCIDENT.
JE CONNAIS MA CHEF DEPUIS LONGTEMPS ET ELLE M'A ENVOYÉ ÇA.

OH NON.
LA VACHE.
TU SAIS, ELLE S'EST OUVERT LE CRÂNE EN PASSANT PAR LA FENÊTRE...
NOM DE DIEU DE NOM DE DIEU... *NON !*

EN PLUS, ELLE OUVRE LA PORTE, COMME N'IMPORTE QUI LE FERAIT SI ELLE N'ÉTAIT PAS...
... VERROUILLÉE.
DEUX AUTRES À FRANCHIR. LES CLÉS N'ONT JAMAIS QUITTÉ LA POCHE DU GARDIEN.
LES CAMÉRAS N'ONT PRIS...
ELLE A L'AIR TRISTE.
TERRIFIÉE.
COMME SI ELLE IGNORAIT CE QUI VA SE PASSER.
ET ILS NE FONT RIEN DE CES IMAGES ?
ÇA T'ÉTONNE ?

BEN...
C'EST LA MÊME SITUATION QUE TOI.
COMMENT TU RACONTES ÇA ? PAR QUOI TU COMMENCES ?
COMMENT TU OFFICIALISES... TU ANNONCES LES MORTS, TU ENQUÊTES SUR LES CRIMES ? IL ARRIVE QUOI QUAND TU COMMETS UN DÉLIT ET QUE LES PREUVES S'ACCUMULENT ? QUE ÇA FUIT DANS LA PRESSE ?
COMMENT RECONNAÎTRE UNE CHOSE QUI DONNE L'IMPRESSION À LA PERSONNE ET À SON INTERLOCUTEUR DE TOMBER DANS LE VIDE ?
OK, MAIS... ON VA RENTRER CHEZ NOUS ET SE CACHER SOUS LE LIT ?
ÇA ME VA. JE LUI AI QUAND MÊME ÉCARTÉ LES CÔTES.
DEUX AUTRES.

ON APPELLE ÇA L'EFFET FINLAYSON.
MM.
QUAND DES FLICS ET LEURS AMIS D'EXTRÊME DROITE SE PLAIGNENT DU "POLICE BASHING".
MM MM.
ILS DISENT QUE LES MANIFS SUITE À UNE BAVURE LES EMPÊCHENT DE TRAVAILLER...
MM.
EN GROS, LA POLICE EST OBLIGÉE DE TUER DES GENS ET DOIT ÉCHAPPER À TOUT CONTRÔLE.
MM.
TU RECOMMENCES, AMY.
MM ?
TU FAIS SEMBLANT D'ÉCOUTER COMME SI TU ÉTAIS CONCENTRÉE. TU FAIS ÇA TOUT LE TEMPS QUAND TU VAS VOIR MA MÈRE.
MAIS NON...
... JE T'ÉCOUTE, SARAH.
C'EST L'EFFET FERGUSON, PAS FINLAYSON. VÉRIFIE DANS TON LIVRE...
BEN VOYONS.
QUEL LIVRE ?

CELUI QUE TU ES EN TRAIN DE LIRE...
NON, PAS DU TOUT.
JE N'AI JAMAIS PARLÉ DE LIVRE. JE NE SUIS PAS ASSEZ INFORMÉE POUR SAVOIR CE QUI SE PASSE ?
C'EST JUSTE QUE... LA POLICE QUI TUE ET ÉCHAPPE À TOUT CONTRÔLE... ON DIRAIT UNE PHRASE TIRÉE D'UN BOUQUIN.
AH OUI ?
BREF, C'EST FERGUSON, MISSOURI. 2014. UN JEUNE AFRO-AMÉRICAIN, MICHAEL BROWN, ABATTU PAR UN POLICIER.
POUR EN SAVOIR PLUS SUR LA VIOLENCE POLICIÈRE, IL SUFFIT D'ALLER À LA SOURCE.
SARAH...
AMY.
ON EN A DÉJÀ DISCUTÉ CENT FOIS.
ET ON EN REVIENT TOUJOURS AU MÊME : J'ADMETS BEAUCOUP DE CHOSES QU'ON RACONTE SUR LES FLICS.
MAIS LA SOCIÉTÉ EST INÉGALE. ON NE REMET PAS LE COMPTEUR À ZÉRO. ON DOIT GÉRER CES INÉGALITÉS MAINTENANT.
ET JE RECONNAIS QUE CERTAINS FLICS DÉCONNENT, MAIS PAS DE COMPTEUR À ZÉRO POUR EUX NON PLUS...

TU DOIS APPRÉCIER UN JOUR CALME.
MM ?
C'EST TON JOUR DE CONGÉ, NON ?
AH. OUI, TU AS RAISON.
ET, OUI, ÇA FAIT DU BIEN. C'EST UN PEU... CHAUD EN CE MOMENT, ET...
DONC, TANT QU'À ÊTRE LÀ, CE SERAIT SYMPA QUE TU LE SOIS VRAIMENT.
QU...
DEPUIS LA MORT DE TA MÈRE, AMY, TU NE T'INTÉRESSES PAS TROP AU RESTE DE LA FAMILLE. MAIS ON EST LÀ POUR TOI... MOI, MES PARENTS, MES FRÈRES.
ILS SAVENT QUE LA FAMILLE, C'EST IMPORTANT. TA MÈRE N'ARRÊTAIT PAS DE TE LE RÉPÉTER.
L'INÉLUCTABILITÉ DE LA FAMILLE...
PARDON ?
L'IMPORTANCE DE LA FAMILLE.
JE T'ÉCOUTAIS, SARAH. HONNÊTEMENT.

… LA POLICE, C'EST LES TROUPES DE CHOC DE LA "GENTRIFICATION", C'EST HORRIBLEMENT MALIN QUAND ON COMPREND…
≠BERP≠
… LA POLICE EXÉCUTE LES EXPULSIONS DES PAUVRES QUAND LES LOYERS GRIMPENT, CHASSE LES SANS-ABRI GÊNANTS…
… LES LOYERS GRIMPENT ENCORE ET LES YUPPIES EMMÉNAGENT.
ET AVEC, LES GALERIES D'ART, LES PUBS GASTRO, LES PSY POUR ANIMAUX…
LES SALLES DE YOGA…
JE VOUS PRÉPARE LA NOTE ?
OH, LA SALOPE.

TU SAIS QUE TU AS UN ACCENT MAGNIFIQUE ?
JE SUIS ASSIS LÀ À T'ÉCOUTER ET JE ME DIS... JE N'AI JAMAIS ENTENDU QUELQU'UN PARLER COMME ÇA.
C'EST MON IRLANDAIS DE SERVICE, OU LE PATRICK EN PLASTIQUE, COMME ON DIT.
JE NE PARLE PAS VRAIMENT COMME ÇA.
AH NON ? COMMENT, ALORS ?
JUSTE COMME ÇA.
ET POURQUOI TU AS DÉCIDÉ DE JOUER LES IRLANDAIS TYPES AVEC MOI ?
COMMENT TU T'APPELLES DÉJÀ ?
GEARY.
DEUX AUTRES !
CHAQUE FOIS QUE SA MAJESTÉ SORT DANS LE MONDE, JE SUIS CHARGÉ DE LA REMETTRE DANS SA BOÎTE.

DEUX AUTRES ?
OUAIS, J'ARRIVE, J'ARRIVE !
PARDON, TU AS DIT QUOI ?
ET ÇA PEUT ÊTRE SANGLANT.
IMPOSSIBLE DE L'ATTAQUER DE FRONT, IL N'Y A QU'UN SEUL MOYEN DE PROCÉDER... IL FAUT TROUVER UN ANGLE...
QUOI ?
... CONTOURNER LE PROBLÈME, EN FAIT.
MAIS DE QUI TU PARLES, LÀ ?
CE N'EST PAS COMME SI ON AVAIT LE CHOIX, MM ?
C'EST VRAI, TU ES LÀ, TU MÈNES TA VIE, ET UN JOUR, TU TE RÉVEILLES ET... C'EST PARTI. C'EST TON BOULOT.
DÉSOLÉ, JE CROIS QUE J'AI RATÉ UN ÉPISODE...
TU ES TRÈS BEAU, CLAYTON. ON TE L'A DÉJÀ DIT ?
C'EST GENTIL... TU...
MAIS ON NE POUVAIT FAIRE ÇA QU'AVEC LES HOMMES. LES GARCES, TROP COMPLIQUÉ.
TU SAIS POURQUOI ?

TROP DE TROUS À RECOUDRE, HA HA HA HA !
TU...
QUI TU ES ?
PAS LE GENRE QU'ON AIME CROISER LE SOIR, MEC.
NON.
NON...
OH, FAIS GAFFE !
TOUT VA BIEN ?
CLAYTON ?
EXCUSEZ-MOI, LES GARS. IL EST TEMPS QUE CE PAUVRE PETIT RENTRE CHEZ LUI.

CLAYTON, C'EST MOI. J'AI PRIS DEUX VERRES... JUSTE DEUX... ET JE VAIS ALLER FAIRE UN PETIT TOUR.
SI TU N'AS PAS DE NOUVELLES D'ICI 24 HEURES, APPELLE TEMPLE AU COMMISSARIAT. DIS-LUI QUE J'AI SUIVI L'ÉQUIPE DE CONNOLLY.
DIS-LUI QUE TU VIENS D'AVOIR LE MESSAGE ET EFFACE-LE. TU PEUX TE FIER À LUI, MAIS NE DIS RIEN D'AUTRE.
CA$H 4 Houses
DUKES PUB
DÉSOLÉE DE TE FAIRE ÇA. J'AI REPENSÉ À CE QUE TU M'AS DIT... LA FAÇON DE GÉRER CETTE HISTOIRE.
ET... BAH.
J'ESPÈRE TE VOIR BIENTÔT.
SALUT, INSPECTEURS.

HEIN ?
QU...
SUN ?
MAIS C'EST CELLE QUI...
DEPUIS COMBIEN D'ANNÉES VOUS VENEZ BOIRE ICI ?
TOUJOURS BIEN REÇUS, JE PARIE.
STOP !
T'ES MALADE ! ON EST DU SWAT !
MAINS SUR LA TABLE DEVANT VOUS. MAGNEZ-VOUS.
C'EST DÉBILE, TU NOUS AURAS JAMAIS TOUS !
TU VEUX ÊTRE LE GAGNANT ?

BAR DE FLICS.
OH, MERDE. UN CONNARD A ENCORE DÉCHARGÉ SON ARME DE SERVICE DANS L'ARRIÈRE-SALLE ? TSS...
ÇA VA, ON A COMPRIS.
MAIS RÉFLÉCHIS, POUR NOUS, UNE BALLE, CE SERAIT MOINS PIRE QUE CE TU AS FAIT À CONNOLLY. ET À JOE CHANCE ET LITTLE SMITTY AUSSI.
PAS MOI.
MON CUL.
SI VOUS POUVEZ ME DIRE COMMENT ON FAIT, ALLEZ-Y, J'ACHÈTE.
TU CHERCHES QUOI ?
VU CE QUI S'EST PASSÉ JUSQU'À MAINTENANT...
... IL Y A 50 % DE CHANCES QUE QUELQU'UN D'AUTRE DÉBARQUE.
VOTRE CHEF HARCELAIT BELLA RHINEBECK. ELLE A DÉCOUVERT DES HORREURS SUR LUI. ILS SONT MORTS TOUS LES DEUX.

J'IGNORE CE QUE C'EST. RIEN DANS SON PORTABLE. PAS DE CONFIDENCES À SES AMIS.
MAIS VOUS, VOUS SAVEZ.
OU CES DEUX ENFOIRÉS NE SERAIENT PAS VENUS ME MENACER.
SI TU N'AS PAS TUÉ NOS GARS, C'EST QUI ?
ON VERRA ÇA PLUS TARD.
IL Y A PLUS QUE LE MEURTRE DE BELLA PERPÉTRÉ PAR CONNOLLY, SI C'EST LUI. ON INTIMIDE, VOIRE ON PORTE ATTEINTE À UNE COLLÈGUE POUR EMPÊCHER DE RELIER LA MORT À VOTRE UNITÉ.
TU N'AS L'AIR NI BLESSÉE NI INTIMIDÉE, MON CHOU. NOUS, ON A PERDU TROIS HOMMES.
TROIS VÉTÉRANS, DÉCORÉS POUR ACTE DE COURAGE.
ON SAIT BIEN QUE ÇA CACHE DES TAS DE PÉCHÉS.
VOUS DEVRIEZ PARLER. SI J'AI BIEN SAISI, VOUS N'AVEZ PAS ENVIE DE VOIR L'AUTRE ACTEUR DU JEU.

BON DIEU !
NAAH !
MERDE !
PUTAIN !
C'EST COMME POUR...
COMME POUR CONNOLLY !
AAAAAAAAHH !
BELLA !
AAAAAAAH !

AAAH ! PUTAIN ! AAAH !
C'EST QUOI, CE DÉLIRE ?
TIREZ PAS ! TIREZ PAS !
OU ÇA VOUS ARRIVERA À VOUS !
T'AS RÊVÉ ?!
MAIS REGARDEZ-LES !
REGARDEZ-LES.
BELLA, S'IL TE PLAÎT, NON.
TU AS DIT QU'ELLE N'ÉCOUTAIT PAS, MAIS TU AURAIS PU LES TUER AVANT. TU VOULAIS JUSTE CONNOLLY.
TU AS TOUCHÉ LES DEUX AUTRES QUAND ILS M'ONT MENACÉE.
JE NE SAIS PAS COMMENT ÇA MARCHE, MAIS...
... ARRÊTE DE SURGIR DE NULLE PART. MON CŒUR VA LÂCHER. ARRÊTE DE DÉCOUPER LES GENS EN RUBANS.
PARLE-MOI.

DIEU DU CIEL.
NON !
TU DEVAIS ME RETROUVER.
JE FAIS MON POSSIBLE.
EN T'EXPOSANT À CES HOMMES ? TU ESPÉRAIS...
... QUOI ?
ÉCOUTE... ÇA FAIT DEUX FOIS DÉJÀ.
POURQUOI CE TRUC VOUDRAIT ME PROTÉGER ?
PEUT-ÊTRE...
... QU'ELLE CHERCHE UN NOUVEL HÔTE.

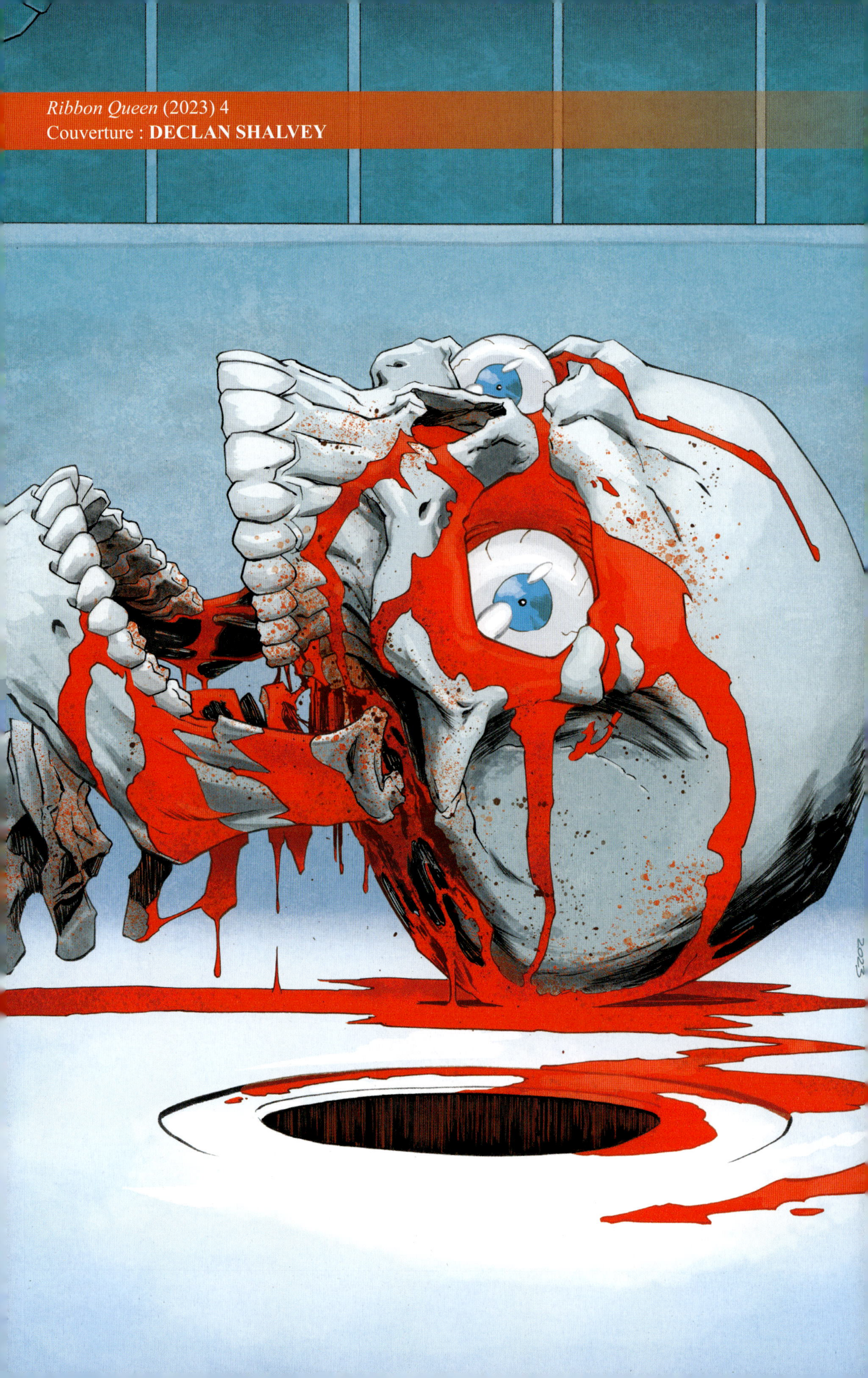

Ribbon Queen (2023) 4
Couverture : **DECLAN SHALVEY**

4 : SORTIR DE L'OMBRE

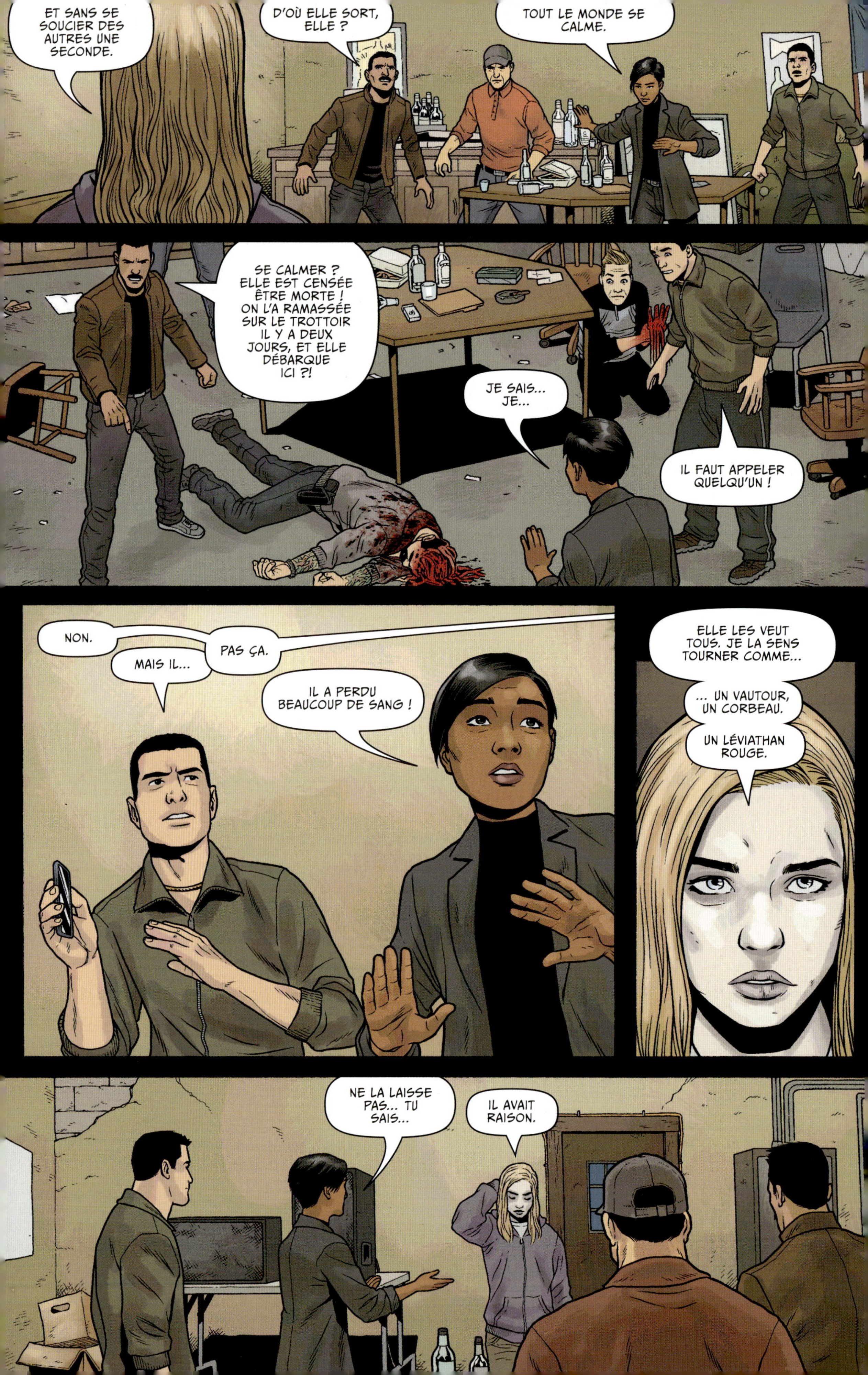

ET SANS SE SOUCIER DES AUTRES UNE SECONDE.
D'OÙ ELLE SORT, ELLE ?
TOUT LE MONDE SE CALME.
SE CALMER ? ELLE EST CENSÉE ÊTRE MORTE ! ON L'A RAMASSÉE SUR LE TROTTOIR IL Y A DEUX JOURS, ET ELLE DÉBARQUE ICI ?!
JE SAIS... JE...
IL FAUT APPELER QUELQU'UN !
NON.
PAS ÇA.
MAIS IL...
IL A PERDU BEAUCOUP DE SANG !
ELLE LES VEUT TOUS. JE LA SENS TOURNER COMME...
... UN VAUTOUR, UN CORBEAU.
UN LÉVIATHAN ROUGE.
NE LA LAISSE PAS... TU SAIS...
IL AVAIT RAISON.

SUR LE TROTTOIR. 15 CM DE MÉTAL DANS LE CŒUR.
MON CRÂNE EN MORCEAUX, QUI BOUGENT SANS ARRÊT.
VOUS L'ENTENDEZ DANS MA VOIX ?
VOUS LE SENTEZ ?
VOUS N'IMAGINEZ PAS CE QUE C'EST !
OÙ EST-CE QUE TU VAS, TOI ?
BELLA, CONTINUE DE PARLER.
VAS-Y.
ELLE VOUS...
... PUNIRA POUR CE QUE J'AI VU.

MOI, JE CROYAIS QUE JE RÊVAIS.
JE CROYAIS QU'ELLE ÉTAIT DANS MA TÊTE.
MARCHONS. JE VEUX M'ASSURER QU'ON EST BIEN D'ACCORD.
"MON IDÉE ? ENREGISTRER KEITH CONNOLLY, L'ISOLER ET LE FAIRE PARLER SANS RETENUE.
"LE GENRE DE TRUCS AUXQUELS ON PENSE QUAND ON EST VIVANT.
"TERRORISÉ.
"ET AVEUGLE."
HÉ, CONNOLLY, TU SAIS À QUI ELLE RESSEMBLE ?

LA PETITE CHATTE POUR QUI TU EN PINCES... BELLA, C'EST ÇA ?
FAIS GAFFE À CE QUE TU DIS, ESPÈCE DE FILS DE PUTE !
T'ES BIEN SUSCEPTIBLE !
SI J'AI BESOIN, J'APPELLERAI LE BÂTARD DE TA MÈRE, RUIZ.
PUTAIN, JE SUIS NÉ ICI, JE SUIS AUSSI AMÉRICAIN QUE N'IMPORTE QUI.
FAIS VOIR TES PAPIERS.
SUCE-MOI.
LA FERME.
BON, NADJA... TU AS ÉTÉ UNE VILAINE FILLE.
TU DIRAS PAS LE CONTRAIRE. ET ÇA COMMENCE À BIEN FAIRE. TU ES CE QU'ON APPELLE UNE RÉCIDIVISTE.
ALORS, TU SAIS CE QU'ON VA FAIRE ? ON VA TOURNER UN PETIT FILM, OK ?

PAS COMME CEUX DE D'HABITUDE. CELUI-LÀ, CE SERA POUR LES FILLES À LA MAISON.
ON VA LE LEUR MONTRER, À TOUTES TES COPINES ET AUX NOUVELLES QUI ARRIVERONT... ON VA S'ASSURER QU'ELLES LE VOIENT.
VOILÀ CE QUE TU VAS DIRE.
TU SAIS QUE TU AS ÉTÉ VILAINE. MAIS C'EST FINI. PLUS DE FUGUES, C'EST IDIOT, AVEC CE QU'ON A, ON POURRA TOUJOURS TE RETROUVER.
ALORS, DIS AUX AUTRES FILLES DE FAIRE CE QUE LES MECS LEUR DISENT.
"TU T'EN SOUVIENDRAS ?" IL LUI A DEMANDÉ.
ELLE A DIT OUI.
SI VOUS L'AVIEZ ENTENDUE.
ELLE ÉTAIT PRÊTE À DIRE N'IMPORTE QUOI.

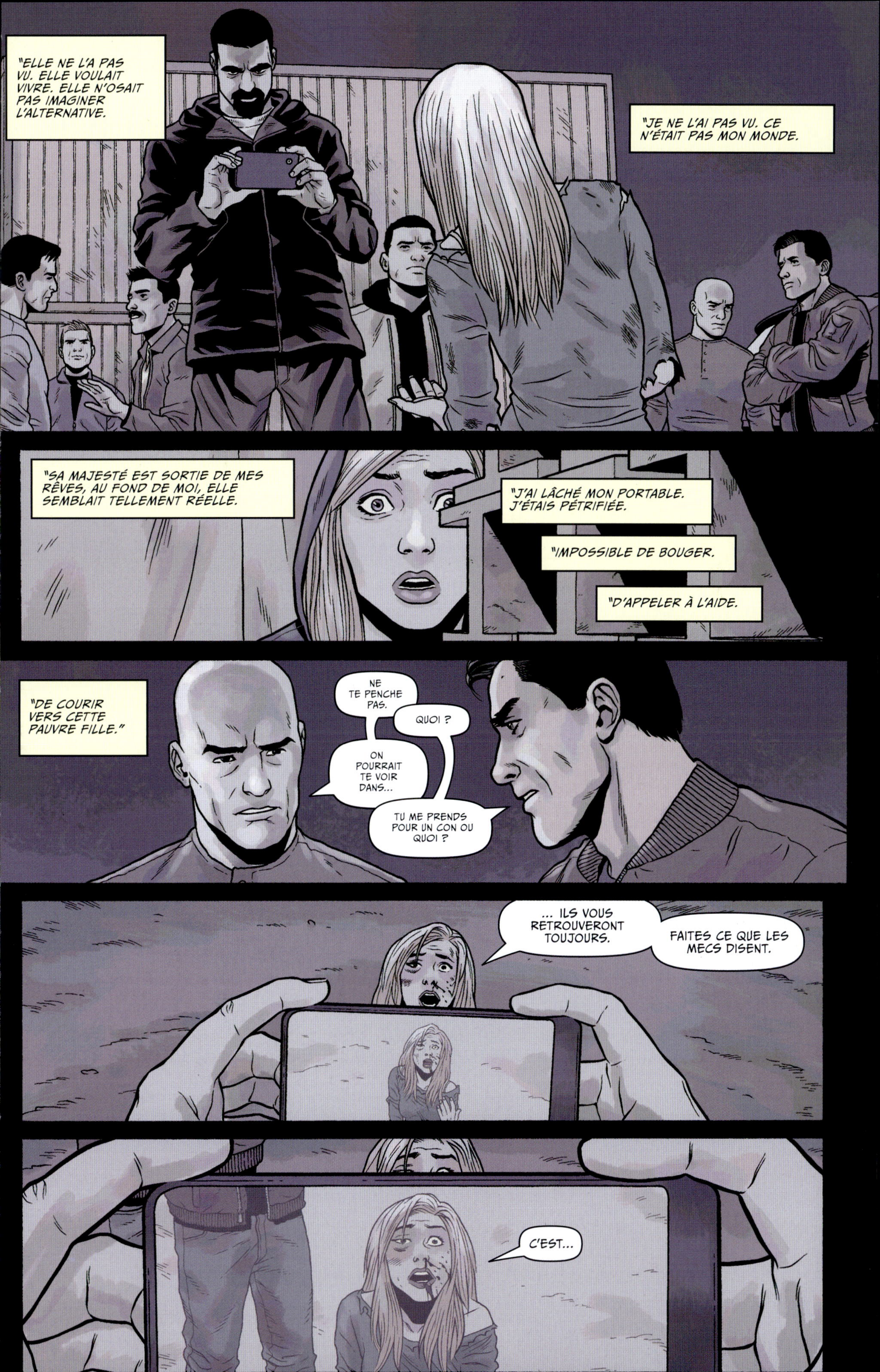
"ELLE NE L'A PAS VU. ELLE VOULAIT VIVRE. ELLE N'OSAIT PAS IMAGINER L'ALTERNATIVE.
"JE NE L'AI PAS VU. CE N'ÉTAIT PAS MON MONDE.
"SA MAJESTÉ EST SORTIE DE MES RÊVES, AU FOND DE MOI, ELLE SEMBLAIT TELLEMENT RÉELLE.
"J'AI LÂCHÉ MON PORTABLE. J'ÉTAIS PÉTRIFIÉE.
"IMPOSSIBLE DE BOUGER.
"D'APPELER À L'AIDE.
"DE COURIR VERS CETTE PAUVRE FILLE."
NE TE PENCHE PAS.
QUOI ?
ON POURRAIT TE VOIR DANS...
TU ME PRENDS POUR UN CON OU QUOI ?
... ILS VOUS RETROUVERONT TOUJOURS.
FAITES CE QUE LES MECS DISENT.
C'EST...

... FINI ?
"LA REINE AUX RUBANS M'EST APPARUE."
ET CE QU'ELLE M'A PROMIS...
... JE LE VOULAIS... SI FORT...
... POUR... POUR...
SI J'AVAIS SU CE QUE ÇA IMPLIQUERAIT...
SUN ! SUN, RESTE !
VA TE FAIRE.

QUE M'AS-TU FAIT
QUE
M'AS-TU
FAIT
JE SUIS DÉSOLÉ, CLAYTON.
FRANCHEMENT, QU'EST-CE QUE JE PEUX DIRE ?
AAAAAAHH !
SI JE POUVAIS, JE TE TUERAIS.
MAIS LA CHAIR DOIT VIVRE POUR...
HKKK
BON, ON Y VA.

HHEEPPP
PFF.
ESSAIE DE VIDER TOUT ÇA RAPIDEMENT.
JE REGRETTE UN PEU, CLAYTON. TU ES SYMPA, TU AS UN JOLI APPART. TU NE MÉRITES PAS ÇA.
C'EST JUSTE PAS DE BOL. MAIS TU ES MA MEILLEURE CHANCE DE L'APPROCHER.
ÇA VA ÊTRE LE PIED LE MOMENT VENU. JE SURPRENDRAI CETTE...
... CETTE FURIE QU'AUCUN HOMME NE PEUT DÉFIER.
MAIS C'EST À L'HOMME D'AGIR QUAND UNE SALOPE SE DÉCHAÎNE.
AKKK
MERDE, PARDON !
TU AS FAILLI M'ÉCHAPPER.
J'AVAIS LA TÊTE AILLEURS.

MINUTE.
ELLE A PARLÉ D'UNE MAISON, OÙ VOUS GARDEZ LES FILLES. C'EST OÙ ?
EUH...
IL Y EN A D'AUTRES DANS LE COUP ? QUI EST LÀ-BAS ? QUI LES SURVEILLE ?
ALORS ?!
ÇA NOUS SAUVERA ?
NON.
TU N'AS PAS PLUS TON MOT À DIRE.
ON POURRAIT...
JE VOUS EMMERDE, SALES PUTES.

SORS MAINTENANT.
OH NON !
FAIS VITE, ESPÈCE...
PAS SON GENRE.
EN SILENCE, OUI.
ULK

RRRRHHHH--

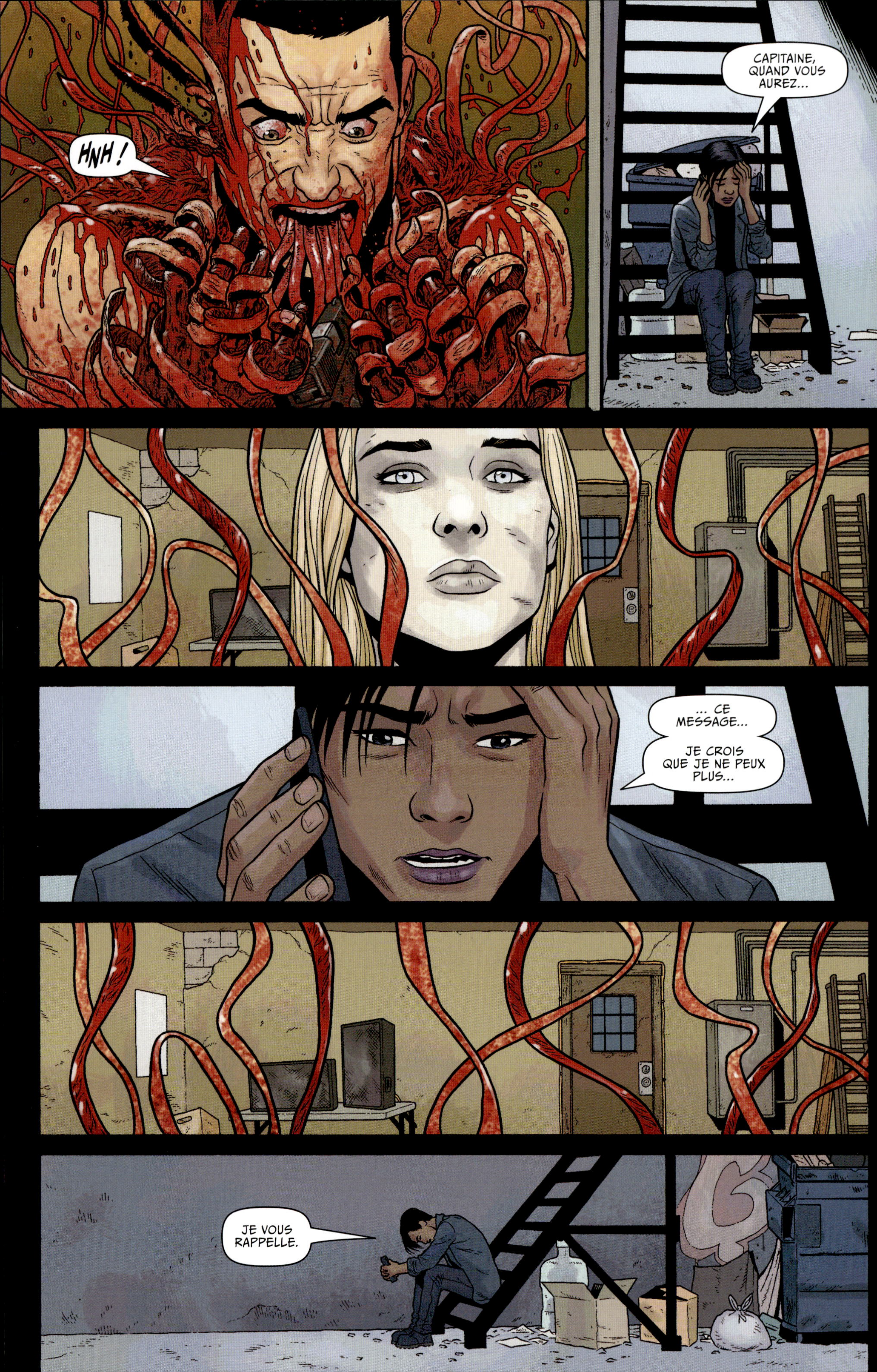
HNH !
CAPITAINE, QUAND VOUS AUREZ...
... CE MESSAGE...
JE CROIS QUE JE NE PEUX PLUS...
JE VOUS RAPPELLE.

C'EST SON NOM ?
CE QUE TU AS DIT LÀ-BAS.
JE N'AI PAS ENVIE DE LE PRONONCER.
C'EST PLUS SAGE.
OUI, C'EST SON NOM.
TON AMI BRIAN M'A DIT QU'ON S'EST DÉSHONORÉS. LA POLICE.
ON M'A SOUVENT DIT ÇA CES DEUX DERNIÈRES ANNÉES. ÇA NE REND PAS LE BOULOT PLUS FACILE.
MAIS APRÈS CE À QUOI JE VIENS D'ASSISTER...

TU ES ALLÉE LES VOIR CONSCIENTE QUE JE VIENDRAIS AUSSI, AVEC ELLE.
TU NE TE DOUTAIS PAS DE CE QUI ALLAIT LEUR ARRIVER ?
JE CROYAIS QU'ON PARLERAIT.
J'AURAIS PU AIDER LES FEMMES QU'ILS TYRANNISENT DANS CET ENDROIT...
COMME LA LOI L'A FAIT JUSQUE-LÀ.
UNE UNITÉ POURRIE, CE N'EST PAS LA LOI !
NON ?
TOI, TU CROIS LES AIDER ?
C'ÉTAIT DES ORDURES, MAIS ILS AVAIENT UNE FEMME, DES ENFANTS. IMAGINE LEUR RÉACTION QUAND ILS ONT DÉCOUVERT CE QUI LEUR EST ARRIVÉ.
N'OUBLIE PAS CE QUE TU LEUR AS FAIT, BELLA.
MOI, JE NE FAIS RIEN.
AH OUI. C'EST ELLE, PAS TOI.
ET C'EST *ELLE*, PAS UNE CHOSE.
EXACT.
ELLE N'AIDE PAS. ELLE SE FICHE DES LOIS, DE LA JUSTICE.
ET ELLE DÉPASSE L'ENTENDEMENT.

OH, PUTAIN DE BORDEL DE DIEU.
JE ME BATS POUR QU'ELLES PUISSENT RENTRER CHEZ ELLES ET OUBLIER... ET MA CHIEUSE DE COUSINE M'A TELLEMENT SOÛLÉE, J'AI FAILLI ZAPPER...
... ET LÀ, JE... JE...
TU PARLES À UNE MORTE DANS LE MÉTRO.
AHN.
EUH...
TOUT VA BIEN ?
OUI.
PRENEZ L'AUTRE WAGON.

PARDON POUR...
JE COMPRENDS.
J'IGNORAIS QUE JE POUVAIS ENCORE ATTEINDRE QUELQU'UN.
JE PENSE SANS ARRÊT À CE QUE DOIVENT RESSENTIR LES AUTRES.
ÇA FAIT QUOI D'ÊTRE... TU SAIS ?
PAS GRAND-CHOSE.
TU SORS DE L'OMBRE. LE MONDE EST PAREIL QU'AVANT.
ÇA M'A SURPRISE. MAIS À QUOI JE M'ATTENDAIS ?
"D'ABORD, UN TYPE M'A DROGUÉE ET ENLEVÉE. IL ALLAIT ME FAIRE COMME AUX AUTRES FILLES. JE N'AVAIS AUCUNE RAISON D'IMAGINER LE CONTRAIRE.
"J'AI SOMBRÉ DANS LE DÉSESPOIR LE PLUS TOTAL.

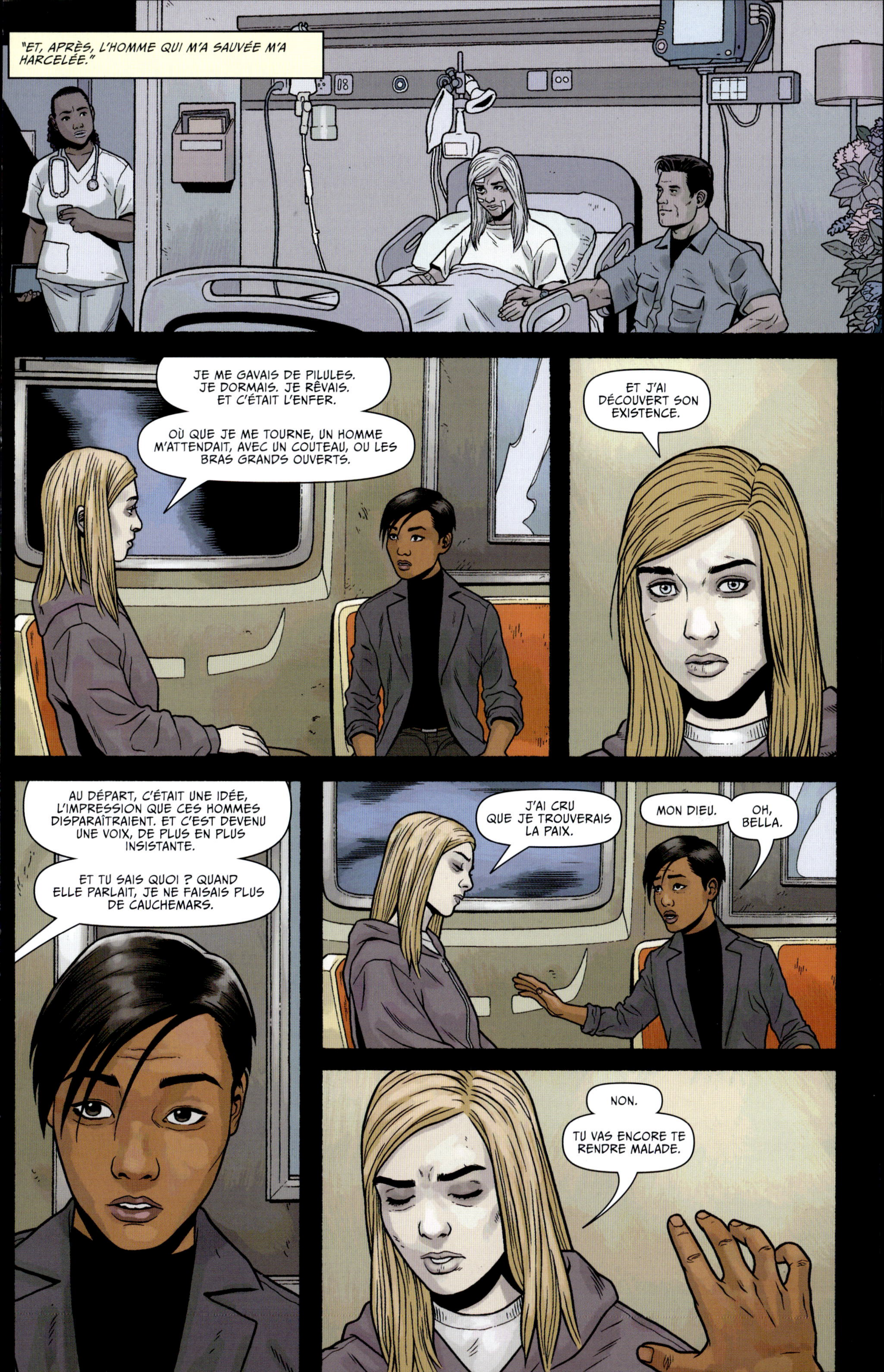
"ET, APRÈS, L'HOMME QUI M'A SAUVÉE M'A HARCELÉE."
JE ME GAVAIS DE PILULES. JE DORMAIS. JE RÊVAIS. ET C'ÉTAIT L'ENFER.
OÙ QUE JE ME TOURNE, UN HOMME M'ATTENDAIT, AVEC UN COUTEAU, OU LES BRAS GRANDS OUVERTS.
ET J'AI DÉCOUVERT SON EXISTENCE.
AU DÉPART, C'ÉTAIT UNE IDÉE, L'IMPRESSION QUE CES HOMMES DISPARAÎTRAIENT. ET C'EST DEVENU UNE VOIX, DE PLUS EN PLUS INSISTANTE.
ET TU SAIS QUOI ? QUAND ELLE PARLAIT, JE NE FAISAIS PLUS DE CAUCHEMARS.
J'AI CRU QUE JE TROUVERAIS LA PAIX.
MON DIEU.
OH, BELLA.
NON.
TU VAS ENCORE TE RENDRE MALADE.

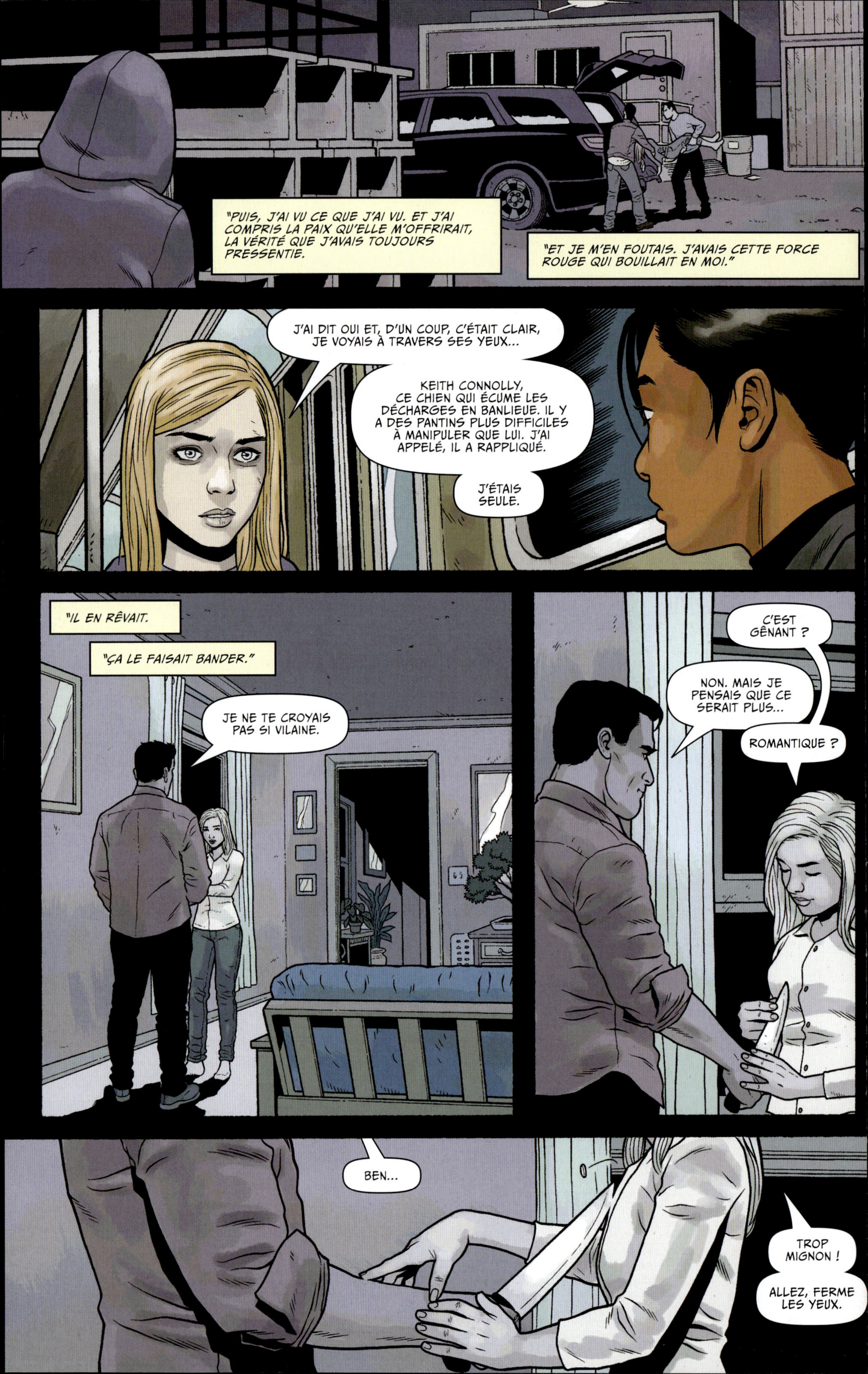
"PUIS, J'AI VU CE QUE J'AI VU. ET J'AI COMPRIS LA PAIX QU'ELLE M'OFFRIRAIT, LA VÉRITÉ QUE J'AVAIS TOUJOURS PRESSENTIE.
"ET JE M'EN FOUTAIS. J'AVAIS CETTE FORCE ROUGE QUI BOUILLAIT EN MOI."
J'AI DIT OUI ET, D'UN COUP, C'ÉTAIT CLAIR, JE VOYAIS À TRAVERS SES YEUX...
KEITH CONNOLLY, CE CHIEN QUI ÉCUME LES DÉCHARGES EN BANLIEUE. IL Y A DES PANTINS PLUS DIFFICILES À MANIPULER QUE LUI. J'AI APPELÉ, IL A RAPPLIQUÉ.
J'ÉTAIS SEULE.
"IL EN RÊVAIT.
"ÇA LE FAISAIT BANDER."
JE NE TE CROYAIS PAS SI VILAINE.
C'EST GÊNANT ?
NON. MAIS JE PENSAIS QUE CE SERAIT PLUS...
ROMANTIQUE ?
BEN...
TROP MIGNON !
ALLEZ, FERME LES YEUX.

NON, BELLA !
C'EST LA CONDITION.
ELLE A ÉTÉ CLAIRE.
MAIS J'ÉTAIS AILLEURS À CE MOMENT-LÀ.
JE COURAIS DANS DES BOIS MAUDITS...
STOP !
JE NE VEUX PAS SAVOIR ! NE VA PAS PLUS LOIN !
CETTE CHOSE ME VEUT, ELLE CHERCHE UN NOUVEL HÔTE ? MAIS JE REFUSE D'ÊTRE COMME TOI !
TU TE SOUVIENS DE CE QUE JE T'AVAIS DIT ?
DE ME RETROUVER ?
TRANSPERCE-MOI.

ON SE REVERRA.
"PAS ELLE, AMY."
MOI.

Ribbon Queen (2023) 5
Couverture : **DECLAN SHALVEY**

ON DISAIT QU'UN VENT BLANC ALLAIT SOUFFLER, PAS BLEU POUR L'HIVER, BLANC.
MAIS C'EST PLUS COMME...
BON SANG, ÉCOUTE LEURS CRIS !
ORLA, PAS SI FORT. ON VA Y PASSER AUSSI.
MAIS... MAIS...
PAS LE CHOIX. ON DOIT SE SAUVER.
ICI ? ILS NOUS RATTRAPERONT, CIARA.
NON, NON.
ON COURT PLUS VITE QUE TOUT LE MONDE. SOUVIENS-TOI, LES JEUX CET ÉTÉ.
IL FAUT JUSTE CHOISIR LE BON MOMENT.
POURQUOI ? POURQUOI MAINTENANT ? LA PAIX RÈGNE DEPUIS SI LONGTEMPS.
OUI, MAIS ON AVAIT PRÉDIT DES PROBLÈMES AVEC LA RÉCOLTE.
QUOI ?!

"QU'EST-CE QUE ÇA A À VOIR AVEC LA RÉCOLTE ?"
QU...
OH !
QU'EST-CE QU'ILS LEUR FONT ?

C... C...
CIARA...
FUIS !

5 : VENT ROUGE

LÂCHE-MOI.
LÂCHE-MOI.
LÂCHE-MOI.
JE LES VOIS À PEINE, ILS SONT SI LOIN...
LEUR ÉPÉE ET LEUR ARMURE LES RALENTISSENT.
ON PEUT S'ARRÊTER ?
À LA RIVIÈRE.
TU AVAIS RAISON.
À PROPOS DE QUOI ?
QUOI QU'ILS AIENT DIT SUR LA RÉCOLTE, C'ÉTAIT UN PRÉTEXTE.
TU SAIS QUOI, ORLA ? EN FAIT, ILS NOUS HAÏSSENT.

QUI NOUS HAIT ?
ILS ONT D'ABORD TUÉ LES HOMMES, QUI SONT VITE TOMBÉS. C'ÉTAIT JUSTE DES GÊNEURS.
ILS NOUS ABHORRENT, NOUS QUI PORTONS LEURS ENFANTS ET TRIMONS POUR EUX. NORMAL POUR LES ANCIENS.
ILS SE SOULAGENT DANS NOTRE CORPS.
PUIS, ILS ASSOUVISSENT LEUR HAINE. TU AS VU CE QUI EST ARRIVÉ ?
CIARA...
ILS ONT COUPÉ LES SEINS D'UNE FILLE... J'ESPÈRE QU'ELLE A FINI DE SOUFFRIR. ILS ONT ARRACHÉ L'UTÉRUS DE MAEVA.
ARRÊTE.
UN BÂTARD LEUR COUPAIT LE SEXE ET LE PORTAIT SUR SON BRAS COMME UN TORQUE. QU'EST-CE QU'ON A FAIT POUR MÉRITER CES HORREURS ?
ÇA SUFFIT, JE NE VEUX PAS ENTENDRE ÇA !
PEU IMPORTE CE QU'ON VEUT, ORLA...
OH NON.

ILS NE ME TOUCHERONT PAS ! ILS NE ME TOUCHE-RONT PAS !
ORLA, TU ES FOLLE ? VIENS !
PAS PAR LÀ ! ILS TE COINCERONT !
VIENS, ON LES SÈMERA DANS LES BOIS.
LÂCHE-MOI ! NON !
LES BOIS MAUDITS ? TU AS PERDU LA TÊTE ? ET LE MAUVAIS SORT ?
IDIOTE ! ON DIRAIT UNE ENFANT.
IL SE PASSE DES CHOSES ATROCES LÀ-BAS ! ON N'Y ÉRIGE AUCUN CAMP ! L'ENDROIT EST DAMNÉ !
ORLA !
NON !

ORLA ?

... NON...

IL N'Y A...
... PAS DE MALÉDICTION.
TU N'ES PAS UN BÉBÉ.

OUAH !
SALE GARCE !
QUE…
JE N'IRAI PAS DANS LES BOIS MAUDITS. PLUTÔT PRENDRE MON PLAISIR AVEC UNE MORTE.
IL A RAISON.
PERSONNE N'EST JAMAIS RESSORTI DE LÀ. PAS UN COIN POUR LES VIVANTS.
ON LA TENAIT PRESQUE.
AUTANT OUTRAGER LES DIEUX ET TE COUPER LA GORGE, SI TU VEUX VISITER LES ENFERS.
RACONTARS DE VIEILLES SORCIÈRES !
ALORS, ELLES EN SAVENT PLUS QUE TOI.
CE QUE CACHENT CES LIEUX EXISTE DEPUIS L'AUBE DES TEMPS, SOUS LES RACINES ET LES RONCES, LOIN DU SOLEIL.
AAAAAAAAAAAH !

AAAH !
LA MÈRE DE MA MÈRE PARLAIT DES COULEURS DU VENT.
BLEU POUR L'HIVER, VERT LE PRINTEMPS.
NOIR POUR CE QUI ÉTAIT CERTAIN.
BLANC POUR LE TOUT-VENANT.
AAAAAAAH !
MAIS ELLE NE PARLAIT JAMAIS DU ROUGE, ET JE NE LUI AI PAS DEMANDÉ.

ÇA ME SOULÈVE ET M'EMPORTE, TEL UN MOINEAU PRIS DANS UNE TEMPÊTE.
UN ENFANT AU SEIN A PLUS DE CONTRÔLE SUR SON SORT QUE MOI.
OÙ QUE JE ME TOURNE, DES BOUCHES ME SOURIENT, DES COUTEAUX ME PIQUENT.
DES BRAS ME TIRENT ET ME RETIENNENT.
MON CORPS SATISFAIT DES BESOINS.
UN VENT FAIT LE TOUR DE LA TERRE ET SOUFFLE À TRAVERS LE TEMPS.
MAIS C'EST LUI QUI M'A AMENÉE LÀ, PAS CE QUI VIT DANS LES BOIS MAUDITS.

CE QUI EST ICI EST ANCIEN.
ABANDONNÉ.
REDOUTÉ ET OUBLIÉ.
ON L'A CHASSÉ, ÉLOIGNÉ DU FOYER, RENVOYÉ DANS LA NUIT.
DE PEUR QU'IL NE DÉVERSE SA COLÈRE.
... LES RACINES ET LES RONCES, LOIN DU SOLEIL.
REGARDEZ.
C'EST...
NON !
DANS QUELQU'UN COMME MOI.

C'EST *ELLE* !
NON, NE L'APPROCHE PAS !
DANS QUEL ÉTAT ELLE EST !
ELLE A JUSTE TRAVERSÉ LES BOIS. CE N'EST PAS POSSIBLE ?!
QUOI QU'IL Y AIT LÀ-BAS...
TU PARLES COMME UNE FEMME.
NON, ÇA N'A RIEN À VOIR DU TOUT.
VOYEZ-MOI ÇA !
ARRÊTE, CRÉTIN ! REVIENS !
TU VEUX SAVOIR COMMENT IL PARLE ? JE VAIS TE DIRE.
HÉ !

TANT QUE J'AI ENCORE UNE LANGUE.

ME VOILÀ HORS DU BOIS ET DANS LE MONDE.

ET, MAINTENANT, SEULE DANS LA MER.
IL Y EN A TELLEMENT COMME MOI...
ABANDONNÉES COMME MOI...
PERDUES COMME MOI...
SOUFFRANT COMME MOI...
COMMENT TOUTES LES SAUVER ?

DOIS-JE ÊTRE CRUELLE ET CHOISIR ?
BELLA ?

... OK, EUH, TU N'ES PAS OBLIGÉE DE RAPPELER. ON DOIT TROUVER LA MEILLEURE FAÇON DE PARLER DE TOUT CE QUI...
ENFIN, PARLER DANS LE SENS DE MOYEN DE COMMUNICATION QUAND ON...
ÉCOUTE, PRENDS TON TEMPS, FAIS LE POINT, ET FAIS-MOI SIGNE QUAND ÇA IRA MIEUX... UN SMS SUFFIRA, PAS LA PEINE D'APPELER.
IIIP
C'EST SARAH.
BON. TU NE VAS PAS T'EXCUSER, J'IMAGINE.
NON PAS QUE ÇA ME SURPRENNE.
MM.
MAMAN M'A DEMANDÉ DE TE RAPPELER QU'ON DÎNE CHEZ EUX SAMEDI. ON SERA MAL À L'AISE TOUTES LES DEUX.
TOI, TU T'EN FICHES, BIEN SÛR. MAIS, SI ÇA NE TE DÉRANGE PAS TROP, TU POURRAIS, AU MOINS POUR MES PARENTS, ESSAYER D'ÊTRE SYMPA.
TU VOIS.
IIIP
INSPECTRICE SUN ? EUH...
C'EST JENNIFER RHINEBECK. LA MÈRE DE BELLA.

ON S'EST PARLÉ LA SEMAINE DERNIÈRE. J'ESPÈRE QUE VOUS M'AIDEREZ.
PERSONNE NE NOUS A RIEN DIT. ENFIN, DEPUIS... QU'ELLE EST MORTE. ON N'A AUCUNE INFORMATION SUR L'ENQUÊTE, ON NE SAIT PAS OÙ SON CORPS EST CONSERVÉ, ON IGNORE COMMENT ON PEUT LE... LA RÉCUPÉRER POUR...
ON A APPELÉ JE NE SAIS COMBIEN DE GENS, TOUT LE MONDE SE RENVOIE LA BALLE... ON A L'IMPRESSION QUE PERSONNE À LA POLICE NI CHEZ LE PROCUREUR NE PEUT NOUS AIDER, C'EST COMME SI ON VOULAIT NOUS CACHER QUELQUE CHOSE...
NOTRE AVOCAT NOUS DIT QU'IL N'A JAMAIS VU ÇA. MON MARI, EUH... IL PENSE EN PARLER AUX MÉDIAS, MAIS IL A BEAUCOUP DE MAL À SUPPORTER... JE...
À MON AVIS, IL FAIT UNE SORTE DE DÉPRESSION...
JE NE SAIS PLUS QUOI FAIRE. JE SUIS DÉSESPÉRÉE.
JE VEUX JUSTE SAVOIR CE QUI SE PASSE, ET ENTERRER MA PETITE FILLE.
IIIP

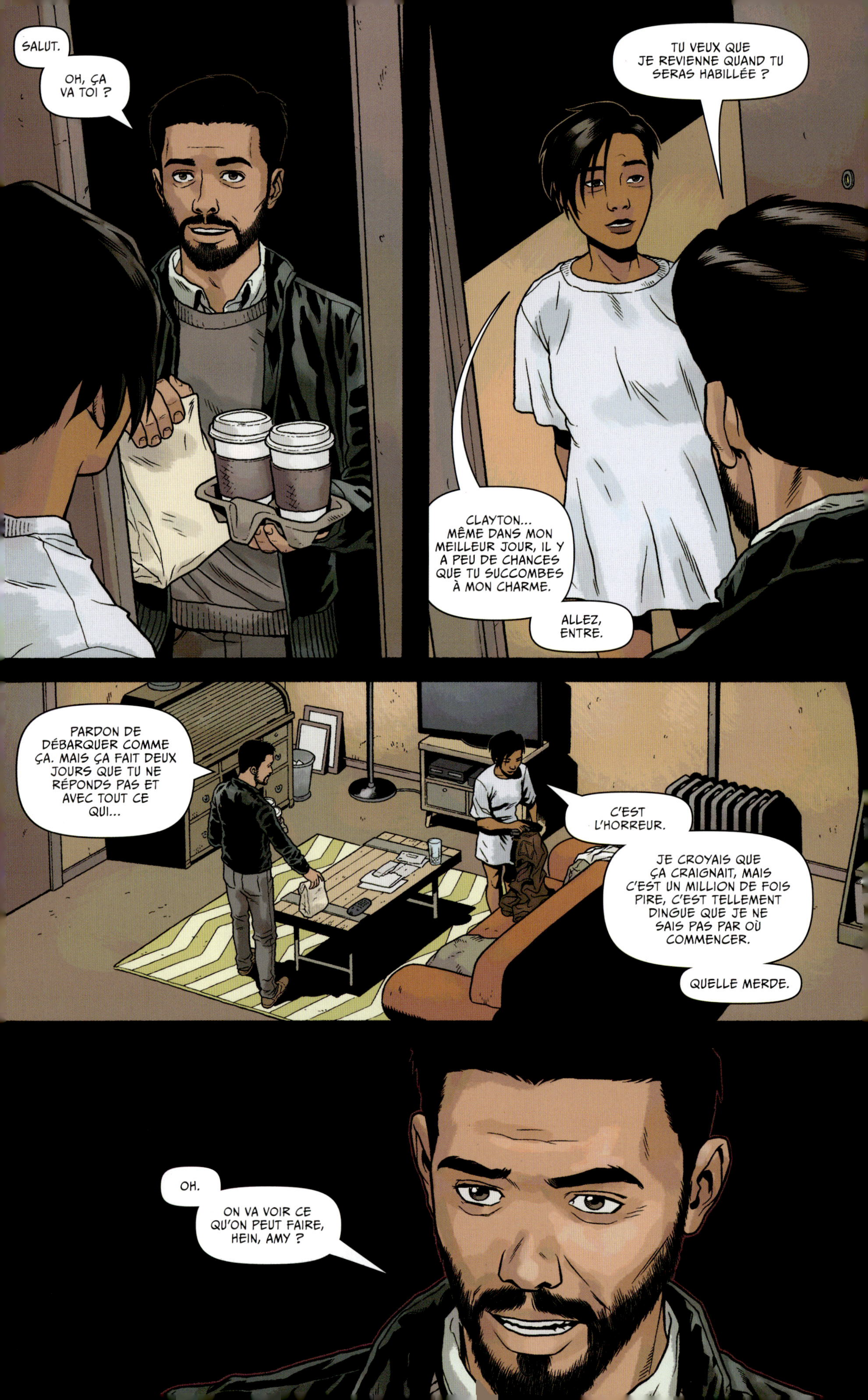
SALUT.
OH, ÇA VA TOI ?
TU VEUX QUE JE REVIENNE QUAND TU SERAS HABILLÉE ?
CLAYTON... MÊME DANS MON MEILLEUR JOUR, IL Y A PEU DE CHANCES QUE TU SUCCOMBES À MON CHARME.
ALLEZ, ENTRE.
PARDON DE DÉBARQUER COMME ÇA. MAIS ÇA FAIT DEUX JOURS QUE TU NE RÉPONDS PAS ET AVEC TOUT CE QUI...
C'EST L'HORREUR.
JE CROYAIS QUE ÇA CRAIGNAIT, MAIS C'EST UN MILLION DE FOIS PIRE, C'EST TELLEMENT DINGUE QUE JE NE SAIS PAS PAR OÙ COMMENCER.
QUELLE MERDE.
OH.
ON VA VOIR CE QU'ON PEUT FAIRE, HEIN, AMY ?

Ribbon Queen (2023) 6
Couverture : **DECLAN SHALVEY**

"J'ALLAIS AVOIR 16 ANS.
"JE LE CONNAISSAIS, MAIS PAS SI BIEN.
"ON AVAIT BU, MAIS PAS TANT QUE ÇA.
"LA SOIRÉE CONTINUAIT EN BAS. IL Y AVAIT D'AUTRES COUPLES DANS LA MAISON. ON NE RISQUAIT PAS D'ÊTRE DÉRANGÉS.
"IL ÉTAIT UNE CLASSE AU-DESSUS. IL ME PLAISAIT..."
HÉ...
"... MAIS PAS TANT QUE ÇA."
J'AI MIS DU TEMPS À RÉALISER QU'IL NE S'ARRÊTERAIT PAS.
JE LE LUI AI DEMANDÉ. ÇA N'A RIEN CHANGÉ.
J'AI VOULU LE REPOUSSER. TROP FORT.

HÉ NON... NON !
ÇA VA, ÇA VA...
SÉRIEUX, ARRÊTE !
TU VAS AIMER...
"ÇA M'A DESSOULÉE D'UN COUP. ÇA ARRIVAIT RÉELLEMENT.
"À MOI.
"LA SUITE ÉTAIT INÉLUCTABLE. J'ALLAIS PANIQUER, HURLER.
"IL CONTINUERAIT ET MA VIE NE SERAIT PLUS QU'UN NAUFRAGE.
ET LÀ, J'AI EU... JE NE SAIS PAS COMMENT L'APPELER, NI D'OÙ C'EST VENU...
... GENRE UN ÉCLAIR DE GÉNIE, J'IMAGINE.
HÉ. HÉ.
MM ?
SI TU ME VIOLES, TU POURRAIS ME TUER AVANT ?
JE N'AI PAS ENVIE DE SUBIR ÇA VIVANTE.

T'ES MALADE ?!
BON DIEU.
J'AI EU UNE SACRÉE CHANCE.
IL N'EST PAS ALLÉ JUSQU'AU BOUT. CE N'ÉTAIT PAS UN SALAUD COMPLET.
ÇA VA PAS, PUTAIN ? C'EST QUOI TON PROBLÈME, BORDEL ?
ON FAISAIT... JE SUIS PAS...
CHIER !
"ÇA A ÉTÉ ÇA, SA RÉACTION.
"IL ÉTAIT FURIEUX DE CE QU'IL VENAIT DE DÉCOUVRIR SUR LUI ET, EN MÊME TEMPS, IL AURAIT VOULU CONTINUER, MALGRÉ CE QUE ÇA SIGNIFIAIT.
"JE L'AI ENTENDU DANS SA VOIX. JE L'AI VU SUR SON VISAGE.
"SA FRUSTRATION. SA RANCŒUR. CE QU'IL PENSAIT AVOIR LE DROIT DE FAIRE."

6 : TROUVE-MOI

DÉSOLÉ QUE ÇA TE SOIT ARRIVÉ, AMY.
DU COUP... TU COMPRENDS POURQUOI CETTE CHOSE FAIT ÇA ?
TU PARLES QUE JE COMPRENDS.
TU LA SOUTIENS ?
JE... ÉCOUTE, JE NE TE FERAI PAS LA LISTE DES CRIMES COMMIS CONTRE LES FEMMES DEPUIS L'AUBE DES TEMPS, TU CONNAIS LE SUJET.
MAIS C'EST L'ORIGINE PROFONDE ET TRÈS PARTICULIÈRE D'UN "ALLEZ-VOUS-FAIRE-FOUTRE" AMER. POINT.
ET SI C'EST LÀ POUR, JE SAIS PAS, DÉFENDRE MA MOITIÉ DE L'ESPÈCE...
CE N'EST PAS LE CAS ?
PARDON, MAIS SI ON VEUT ÉLUCIDER LE MYSTÈRE, ON DOIT ÊTRE PRÉCIS. TU AS DIT QUE BELLA ET NADJA ÉTAIENT MORTES *AVANT* CE QUI EST ARRIVÉ À LEURS TUEURS.
DONC, CE TRUC, QUOI QUE CE SOIT, NE LES DÉFENDAIT PAS ?
BEN, IL LES VENGEAIT, J'EN SAIS RIEN.
MAIS SI PERSONNE N'EST AU COURANT, CE N'EST PAS DISSUASIF.
ÇA N'AIDERA PAS LES FEMMES.
OH, C'EST TELLEMENT FOU...
J'AI VU UNE FILLE MORTE QUITTER LA MORGUE, N'OUBLIE PAS.
JE T'ÉCOUTE.

NGH.
OK, J'AI UNE QUESTION : À TON AVIS, ON A AFFAIRE À QUOI ?
UNE CRÉATURE ÉLÉMENTAIRE PEUT-ÊTRE ?
GENRE TERRE-EAU-AIR-FEU ? D'APRÈS CE QUE TU AS DIT, ÇA A PLUS À VOIR AVEC LES GENS, NON ?
PRIMAIRE, ALORS ?
SÉRIEUX, ON PARLE COMME DANS LES FILMS D'HORREUR !
INÉVITABLE, VU LES CIRCONSTANCES.
OH NON, AMY. SI ON RESTAIT AU CAFÉ ?
MOUAIS.
C'EST JUSTE... J'AI FAILLI DIRE LE NOM DE LA FILLE.
LA FILLE ?
CE TRUC.

C'EST À CE POINT ?
SI TU AVAIS VU ÇA...
... OU PARLÉ À BELLA...
J'EN AI RÊVÉ, J'AI VU CE QUE CETTE CHOSE LUI A MONTRÉ. JE SAIS POURQUOI ELLE A DIT OUI.
ÇA A L'AIR ÉNORME... PAS PHYSIQUEMENT... C'EST COMME UNE SENSATION AUSSI FORTE QUE LE MONDE...
... QU'ON FERAIT MIEUX DE NE PAS NOMMER, DE NE SURTOUT PAS INVOQUER.
POURQUOI ? C'EST LÀ, TU CROIS ?
ENFIN, PAS RÉELLEMENT. C'EST UNE IMPRESSION ?
MM ? COMMENT ON POURRAIT SAVOIR ?
BELLA N'EST PAS LÀ. MAIS TU AS DIT QUE ÇA LA SUIVAIT.
OH.
CE N'EST PAS CE QU'ON DEVRAIT FAIRE MAINTENANT ?
QUOI ?
TROUVER CE TRUC ?

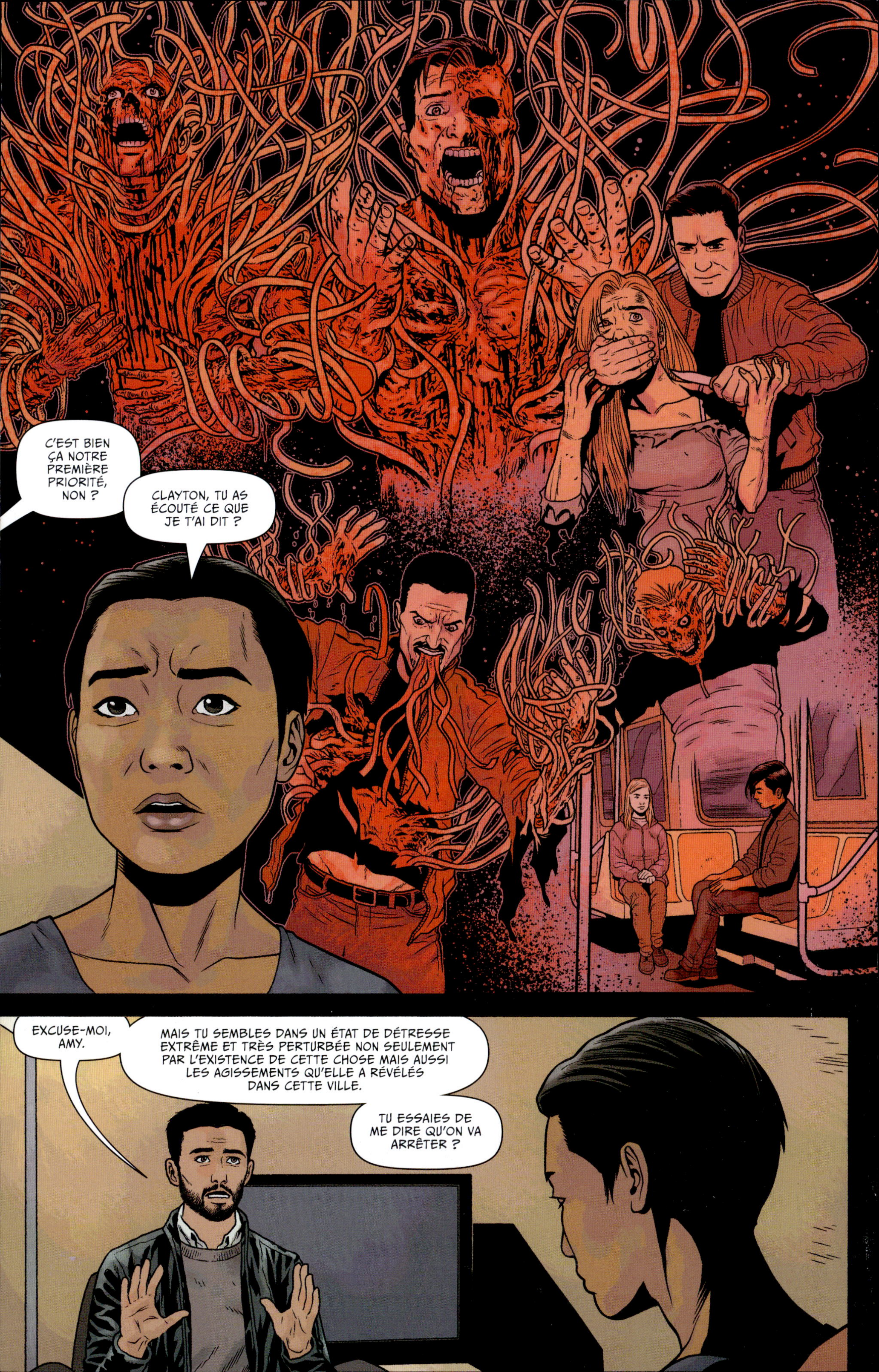
C'EST BIEN ÇA NOTRE PREMIÈRE PRIORITÉ, NON ?
CLAYTON, TU AS ÉCOUTÉ CE QUE JE T'AI DIT ?
EXCUSE-MOI, AMY.
MAIS TU SEMBLES DANS UN ÉTAT DE DÉTRESSE EXTRÊME ET TRÈS PERTURBÉE NON SEULEMENT PAR L'EXISTENCE DE CETTE CHOSE MAIS AUSSI LES AGISSEMENTS QU'ELLE A RÉVÉLÉS DANS CETTE VILLE.
TU ESSAIES DE ME DIRE QU'ON VA ARRÊTER ?

COMMENT ÇA "ON" ?
JE SUIS TON AMI. JE VEUX T'AIDER. ET, AU-DELÀ DE ÇA, JE SUIS IMPLIQUÉ, APRÈS CE QUE J'AI VU.
JE REFUSE DE FAIRE COMME LES BUREAUCRATES DE NOS DEUX SERVICES, CE QUE FONT TOUS CEUX QUI SONT AU COURANT : FERMER LES YEUX ET PRIER POUR QUE ÇA DISPARAISSE.
CETTE... PARALYSIE FACE À L'INCONCEVABLE. EST-CE QUE ÇA AIDE BELLA ? OU SA MÈRE, INCAPABLE DE DIRE ADIEU À SA PETITE FILLE ?
OU LES FEMMES DU BORDEL DIRIGÉ PAR LA POLICE ?
PAR CERTAINS POLICIERS. J'ESPÈRE.
LA DERNIÈRE FOIS QU'ON S'EST VUS, TU ÉTAIS D'ACCORD POUR TE CACHER SOUS LE LIT.
J'AI CHANGÉ D'AVIS.
ALLEZ, AMY.

ACAB
POLICE
BLM
PAS DE JUSTICE PAS DE PAIX
"J'AI DEUX PROBLÈMES AVEC ÇA. D'ABORD, QUE VA-T-IL NOUS ARRIVER SI ON RETROUVE CETTE CHOSE ?
"ET, APRÈS, QUE VA ME FAIRE LA POLICE ? JE NE SUIS PAS SÛRE D'Y AVOIR ENCORE DES AMIS."

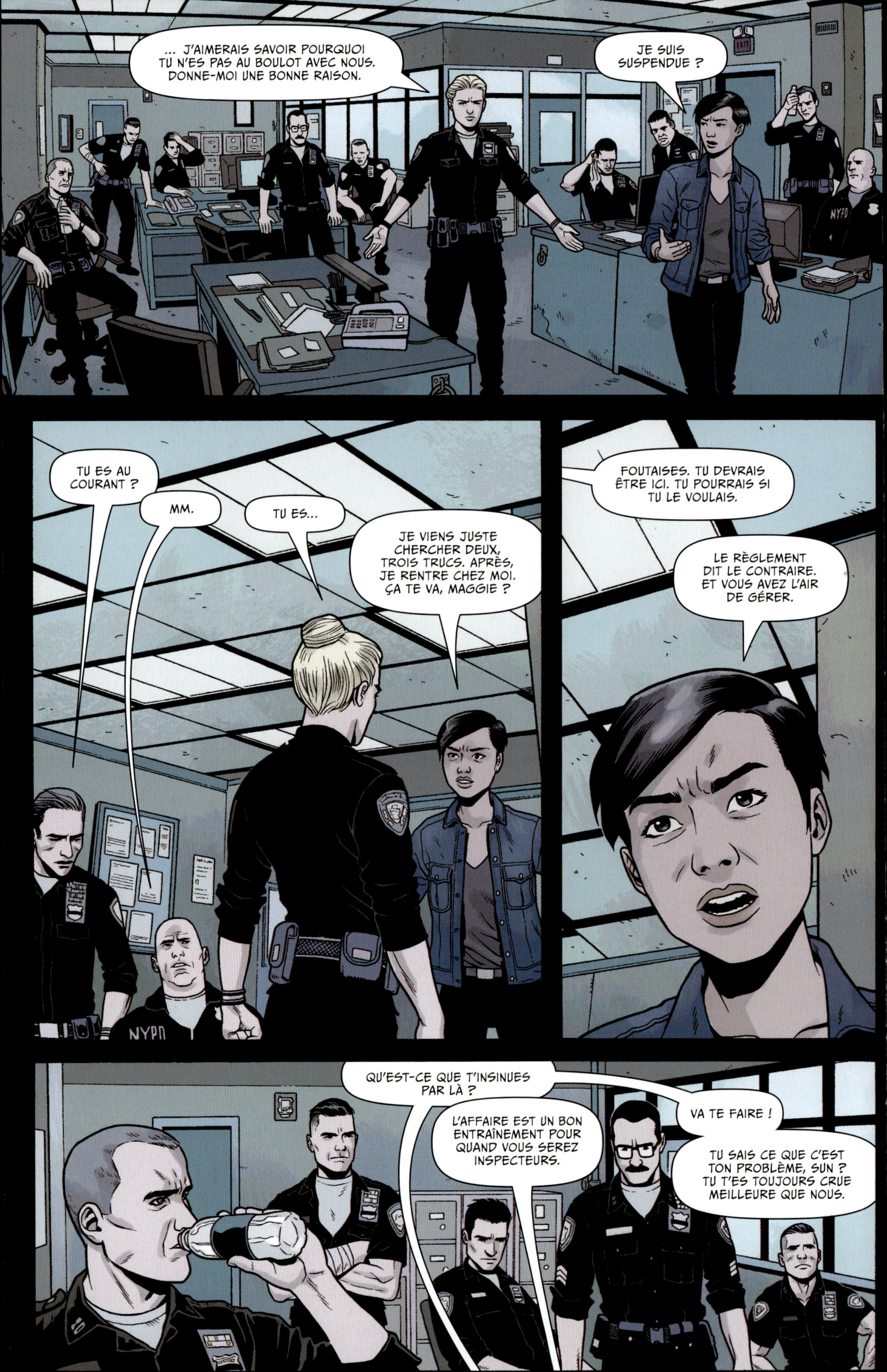
... J'AIMERAIS SAVOIR POURQUOI TU N'ES PAS AU BOULOT AVEC NOUS. DONNE-MOI UNE BONNE RAISON.
JE SUIS SUSPENDUE ?
TU ES AU COURANT ?
MM.
TU ES...
JE VIENS JUSTE CHERCHER DEUX, TROIS TRUCS. APRÈS, JE RENTRE CHEZ MOI. ÇA TE VA, MAGGIE ?
FOUTAISES. TU DEVRAIS ÊTRE ICI. TU POURRAIS SI TU LE VOULAIS.
LE RÈGLEMENT DIT LE CONTRAIRE. ET VOUS AVEZ L'AIR DE GÉRER.
QU'EST-CE QUE T'INSINUES PAR LÀ ?
L'AFFAIRE EST UN BON ENTRAÎNEMENT POUR QUAND VOUS SEREZ INSPECTEURS.
VA TE FAIRE !
TU SAIS CE QUE C'EST TON PROBLÈME, SUN ? TU T'ES TOUJOURS CRUE MEILLEURE QUE NOUS.
NYPD

JE VEUX JUSTE RÉCUPÉ...
ON NOUS DÉMOLIT, CES CONNARDS DE MARXISTES SE DÉFOULENT SUR NOUS, LES MÉDIAS NOUS CHIENT DESSUS, ET QUAND ON A BESOIN DE SOUTIEN, T'ES OÙ, TOI ?
DES MARXISTES ?
EXACTEMENT ! CES ENFOIRÉS VEULENT DÉMANTELER LA POLICE, PUTAIN !
ALORS ? RÉPONDS ! T'ES OÙ, ESPÈCE DE PETITE CHAUDASSE BRIDÉE ?
CHEZ MOI, À RÉFLÉCHIR SUR LE VRAI SENS DU MARXISME.
OUAIS, MON...
ET JE REGARDE CNN. J'AI DÛ VOIR DEUX OU TROIS FLICS PARMI LES MANIFESTANTS, QUI FOUTENT LE PIRE BORDEL POSSIBLE.
QUOI ?
PUTAIN DE SALE...
ELLE A RAISON. TU CROIS QUE TU VAUX MIEUX QUE NOUS.
MAIS C'EST FAUX, HEIN ?

QUAND T'ES AVEC TES POTES PÉDÉS, TU PARLES DU RACISME SYSTÉMIQUE, JE PARIE. TU DIS QUE "BLUE LIVES MATTER" EST UNE HONTE, QUE T'ES PAS AVEC CES CONS D'IRLANDAIS. MAIS JE SAIS POUR TA BAVURE.
JE...
TU VAS T'EN SORTIR. ILS VONT TOUT ÉTOUFFER. TU CRACHES SUR CEUX QUI VONT SAUVER TA PUTAIN DE PEAU.
J'IGNORAIS QUE...
OH, C'EST PAS PAREIL ? TU AS BUTÉ UN BLANC, DONC C'EST PAS GRAVE ?
DIS-LE, ALLEZ, "BLACK LIVES MATTER" !
...
LES "BLACK AND TANS" TU CONNAIS, MAGGIE ?
BIEN SÛR.
QU...
C'EST CE QUE VOUS ÊTES DEVENUS. DES "BLACK...
... AND TANS".
AAAAAAAHH !

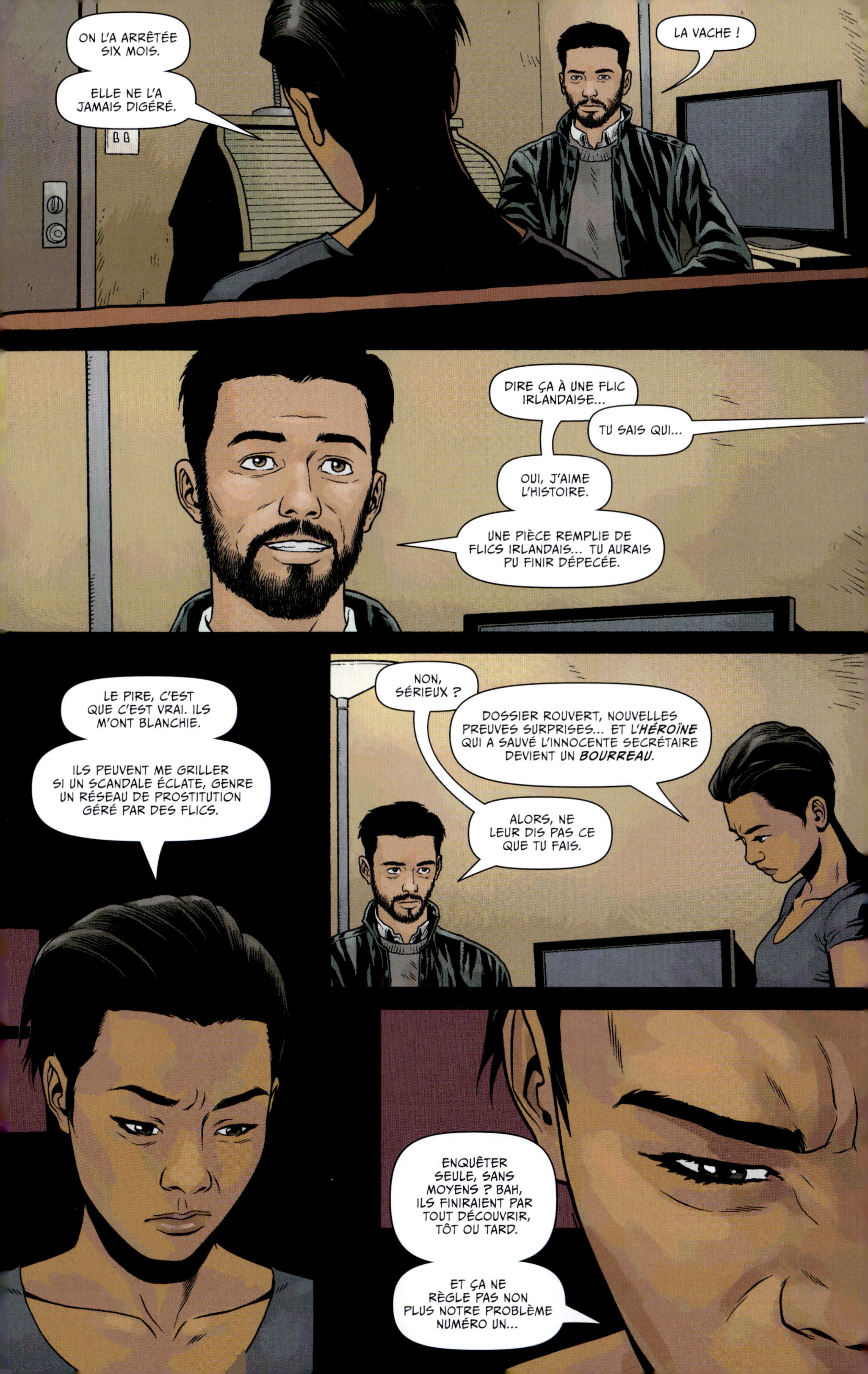
ON L'A ARRÊTÉE SIX MOIS.
ELLE NE L'A JAMAIS DIGÉRÉ.
LA VACHE !
DIRE ÇA À UNE FLIC IRLANDAISE...
TU SAIS QUI...
OUI, J'AIME L'HISTOIRE.
UNE PIÈCE REMPLIE DE FLICS IRLANDAIS... TU AURAIS PU FINIR DÉPECÉE.
LE PIRE, C'EST QUE C'EST VRAI. ILS M'ONT BLANCHIE.
ILS PEUVENT ME GRILLER SI UN SCANDALE ÉCLATE, GENRE UN RÉSEAU DE PROSTITUTION GÉRÉ PAR DES FLICS.
NON, SÉRIEUX ?
DOSSIER ROUVERT, NOUVELLES PREUVES SURPRISES... ET L'*HÉROÏNE* QUI A SAUVÉ L'INNOCENTE SECRÉTAIRE DEVIENT UN ***BOURREAU.***
ALORS, NE LEUR DIS PAS CE QUE TU FAIS.
ENQUÊTER SEULE, SANS MOYENS ? BAH, ILS FINIRAIENT PAR TOUT DÉCOUVRIR, TÔT OU TARD.
ET ÇA NE RÈGLE PAS NON PLUS NOTRE PROBLÈME NUMÉRO UN...

SI ON TROUVE LES FEMMES, ET LES HOMMES RESPONSABLES...
LA CHOSE VA SURGIR ET LES DÉCOUPER EN... EN...
C'EST CE QUI SE PASSERA. C'EST CE QU'ON VEUT ? UN MASSACRE ?
MAIS ELLE SE MONTRERA, ON EN EST QUASI SÛRS. ET TU POURRAS PEUT-ÊTRE RAISONNER BELLA.
J'AI DÉJÀ TENTÉ. SIX MORTS.
ET ELLE A DIT : TROUVE-*MOI*.
PAS CE TRUC.
ON FAIT QUOI ?
JE VAIS DÎNER CHEZ MA COUSINE. TOI, RENTRE... ON EN REPARLERA DEMAIN.
L'HORRIBLE SARAH ? AMY...
C'EST TOUTE MA FAMILLE, CLAYTON. AVEC SES PARENTS.
ET POUR ÊTRE HONNÊTE, J'AI BESOIN DE ME RACCROCHER UN PEU AU RÉEL.
AUTREMENT DIT, TU AS PEUR.
À EN CREVER.
LA TROUILLE DE MA VIE.

... QU'EST-CE QU'IL Y A DE MAL À AVOIR UNE SALLE DE YOGA ? TU PEUX M'EXPLIQUER ?
IL N'Y A RIEN DE MAL, SARAH...
POURQUOI TU PARLES DE FORCE D'OCCUPATION DE LA GENTRIFICATION ?
TU AS DIT QUE LA POLICE EN ÉTAIT LES TROUPES DE CHOC.
CE N'EST PAS PAREIL !
OK, C'ÉTAIT UN COUP BAS. ON VA VOIR SI TES PARENTS ONT BESOIN D'AIDE ?
DONC, CE QUE JE FAIS N'INVALIDE PAS MON ACTION ?
TON ACTION ? JE NE SUIS PAS SUR LES RÉSEAUX SOCIAUX...
JE NE PARLE PAS DE TWITTER !
C'ÉTAIT UNE VRAIE MARCHE DANS LE QUARTIER CONTRE LE MANQUE DE BIENS ET DE SERVICES ABORDABLES POUR LES GENS À FAIBLES REVENUS...
ILS N'ONT PLUS LES MOYENS DE VIVRE ICI, DE TOUTE FAÇON. TU N'ARRIVES PAS UN PEU TARD ?

AU MOINS, JE L'AI FAIT. ET ÇA A UNE VALEUR QUE TU NE COMPRENDRAS JAMAIS.
TU POURRAIS EN DIRE AUTANT DE TA DERNIÈRE CROTTE COMPACTE.
?
TANTE JOAN ?
PFFFFF TU NE RESTES PAS POUR LE DESSERT ?
NON, JE RÊVE ! TU TE SHOOTES ?

C'EST LÉGAL MAINTENANT. MAIS... TU AS 60 ANS.
DÉMASQUÉE.
59. MERCI, MA NIÈCE PRÉFÉRÉE.
TU EN VEUX ?
NON !
COINCÉE.
C'EST MON VICE. ONCLE STEVE, C'ÉTAIT LE WHISKY.
C'EST DEVENU EXPLOSIF BIEN AVANT LE DESSERT, SINON JE NE T'AURAIS PAS VUE.
AH.
COMMENT TU VAS, AMY ?
TU DIS QUE TU VAS BIEN, MAIS JE NE TE CROIS PAS. TU AS L'AIR DE MANQUER DE SOMMEIL.
SANS VOULOIR IMITER TA MÈRE, COMMENT TU VAS VRAIMENT ?
J'AIME BIEN QUE TU IMITES MAMAN.
ET TU ES PERSPICACE. ÇA NE DOIT PAS ME RENDRE TRÈS AIMABLE.
PARDON. J'AI ADORÉ LE DÎNER...

TANT MIEUX.
TU DOIS FAIRE ATTENTION À TOI, MA NIÈCE PRÉFÉRÉE.
JE SAIS.
DÉSOLÉE DE VOUS AVOIR DÉLAISSÉS CES DERNIERS TEMPS. POURTANT, J'AI ENVIE DE VENIR VOUS VOIR. C'EST MON REFUGE ICI.
JE SUIS SINCÈRE.
AVEC SARAH, VOUS ÉTIEZ SI PROCHES.
OUAIS.
IL N'Y A PAS QUE TOI. ELLE S'EST FÂCHÉE AVEC DES AMIS QUI NE SONT PAS D'ACCORD AVEC ELLE, OU PAS ASSEZ.
ÇA NE L'A PAS GÊNÉE QUE TU INTÈGRES LA POLICE, PENDANT DES ANNÉES. MAIS AUJOURD'HUI...
CHACUNE SON CAMP.
JE SUIS FLIC. ÇA N'EMPÊCHE QUE JE DÉTESTE LEUR SECTARISME, MÊME LEUR POLITIQUE. MAIS JE N'AI PAS LE CHOIX.
ET JE NE COMPRENDS PAS QU'ON S'OPPOSE AUSSI VIOLEMMENT ET QU'ON NE FASSE RIEN POUR CHANGER LES CHOSES.
C'EST FACILE DE PRÊCHER LA MORALE, ÇA NE COÛTE ABSOLUMENT RIEN.
OUI, MAIS C'EST MA FILLE ET JE L'AIME. DÉBUT ET FIN DE L'HISTOIRE.

BIEN SÛR.
LES GENS VEULENT TOUJOURS RENDRE LE MONDE MEILLEUR. FRANCHEMENT, TU AS VU DANS QUEL FOUTU ÉTAT IL EST ?
ET TU PARLES DE PRIX À PAYER. TU VEUX QUE QUELQU'UN RENONCE À QUELQUE CHOSE DE RÉEL AU LIEU DE JUSTE DÉNONCER. TU EN ATTENDS PEUT-ÊTRE TROP.
REGARDE-TOI, AMY.
JE DIS ÇA COMME ÇA, MAIS SI TU POUVAIS AMÉLIORER LE SORT DES NOIRS TRAQUÉS PAR LA POLICE... SANS T'OFFENSER... DES FEMMES QUI N'ONT PAS ACCÈS À L'AVORTEMENT, OU DES VICTIMES DES ENFOIRÉS DE "ME-TOO"...
... QUEL PRIX SERAIS-TU PRÊTE À PAYER ?
MM.
TU VOIS.
TU ÉTAIS SÉRIEUSE, TU VIENDRAS PLUS SOUVENT ? TU AS UN GROS ANNIVERSAIRE QUI ARRIVE.
J'AURAI 38 ANS.
OUPS.

B... BONJOUR ?
SALUT, BRIAN.
OH... JE...
TU ME RECONNAIS ?
ÇA N'A PAS L'AIR D'ALLER. JE NE SUIS PAS OBLIGÉE D'ENTRER, SI ÇA T'ENNUIE. ÉCOUTE-MOI SIMPLEMENT.
BELLA M'A DEMANDÉ DE LA TROUVER.
ÇA PEUT PARAÎTRE FOU, OU PAS, JE NE SAIS PAS. C'EST VRAI, BELLA N'EST PLUS PARMI NOUS, HEIN ?
EN FAIT, ÇA DÉPEND DE CE QUE TU SAIS. JE SUIS VENUE PARCE QUE TU ÉTAIS SON AMI.
"ELLE EST ENTRÉE EN CONTACT AVEC MOI, ELLE M'A TOUCHÉE. J'AI DÉTESTÉ ET ÇA L'A HEURTÉE.
"MAIS ELLE A DIT QU'ELLE IGNORAIT SI ELLE ÉTAIT ENCORE CAPABLE DE TOUCHER QUELQU'UN. CE SOIR, DANS LE MÉTRO, J'AI REPENSÉ À ÇA.
"ET... TU SAIS CE QUE JE ME SUIS DIT ?"
NON. QUOI ?

ET SI ELLE RECOMMENÇAIT ?
JE PEUX ENTRER ?

Ribbon Queen (2023) 7
Couverture : **DECLAN SHALVEY**

ELLE EST LÀ... J'AI L'IMPRESSION QU'ELLE A TOUJOURS ÉTÉ LÀ.
ELLE A DIT QU'ELLE NE SAVAIT PAS OÙ ALLER.
QU'EST-CE QUE J'AURAIS PU FAIRE ? ELLE EST...
JE SAIS.
NON, VOUS N'AVEZ AUCUNE IDÉE DE CE QUE ÇA FAIT ! ON A BEAU ÊTRE AVEC ELLE, ÇA NE VEUT PAS DIRE QU'ON L'ACCEPTE, C'EST JUSTE DE PIRE EN PIRE.
ON LA VOIT ! DE PLUS EN PLUS, ON COMMENCE VRAIMENT À LA VOIR !
ET MOI, JE NE VEUX PLUS ÊTRE DANS CE MONDE.
QUOI ?
PAS AVEC ELLE.
BRIAN, NE DIS PAS Ç...
TON AMI EST DEHORS.

7 : SEULES SUR LA MER

TU AS ENTENDU ?
TON AMI N'EST PLUS LUI-MÊME.
MON... MAIS DE QUI TU PARLES ?
IL BOSSE POUR LA VILLE. BLOCS, SCALPELS.
CLAYTON ?
MINUTE, COMMENT TU LE CONNAIS ?
JE M'EN SOUVIENS TRÈS BIEN.

OH NON...
JE VIENS DE LE VOIR. MAIS C'EST UN AUTRE DANS SON CORPS.
DIXIT LA REINE DES RUBANS.
COMMENT ÇA, C'EST UN AUTRE DANS SON...
CE *TRUC* TE L'A DIT ?
ELLE A PEUR.
ÇA A PEUR DE QUELQUE CHOSE ? PUTAIN, C'EST RASSURANT.
C'EST N'IMPORTE QUOI. J'ÉTAIS AVEC CL...
IL NE RÉPONDRA PAS.
ELLE N'A PAS PEUR COMME TU CROIS.
ELLE NE VEUT PAS QU'ON L'ARRÊTE, NI RETOURNER DANS L'OMBRE, OÙ ELLE NE POURRA PAS AGIR.
S'ILS VOIENT UNE FEMME COMME ELLE, LES HOMMES LA TRAQUERONT.

CE N'EST PAS UNE FEMME. OH, RÉPONDS !
TU DEVRAIS PLUTÔT ALLER CHEZ LUI.
TU AS DIT QU'IL ÉTAIT DEHORS ?
CE N'EST PAS LUI, J'AI DIT.
ON ÉTAIT ENSEMBLE HIER...
NON.
VA CHEZ LUI. CE QU'ON LUI A FAIT EST ARRIVÉ LÀ-BAS.
FAIT PAR QUI ?
ILS N'ONT PAS DE NOM.
"UNE LIGNÉE D'HOMMES. FORMÉS TOUT JEUNES.
"QUAND ELLE REJOINT LE MONDE, L'UN D'EUX SE CHARGE DE L'EN CHASSER. POUR RÉTABLIR L'ÉQUILIBRE, SOI-DISANT.
"LA CONTRÔLER, EN FAIT."

COMMENT ILS...
ILS S'EN PRENNENT À L'HÔTE QUI L'ABRITE.
HM.
TU DEVRAIS ME SUIVRE, ALORS.
J'AI CE QU'ELLE VEUT, BELLA.
ELLE REFUSERA. CE SERAIT TROP RISQUÉ POUR ELLE.
JE VAIS TROUVER L'ENDROIT OÙ SONT LES AUTRES FILLES. ELLE VEUT CEUX QUI DIRIGENT LE BORDEL, NON ?
SINON JE PEUX M'OCCUPER DIFFÉREMMENT.
TU VOIS.
VOUS PARLEZ D'*ELLE* MAINTENANT ?
JE...
VOUS AVEZ VU CE QUE J'AI VU.
ÇA FAIT TROIS JOURS ET ON DIRAIT QUE ÇA DURE DEPUIS 1 000 ANS.
BELLA ÉTAIT MON AMIE, OUI. MAIS NE LA RAMENEZ PLUS JAMAIS ICI.

JE NOURRISSAIS SON CHAT EN SON ABSENCE.
SALETÉ DE TAS DE PUCES. IL A VÉCU 19 ANS.
CLAYTON ÉTAIT INCONSOLABLE.
IL EST SI SENSIBLE. J'ESPÈRE QUE TU TE TROMPES SUR LUI.
IL CHOISIT LES MAUVAIS MECS ET ILS LUI BRISENT LE CŒUR.
PAR ICI.
AH ?

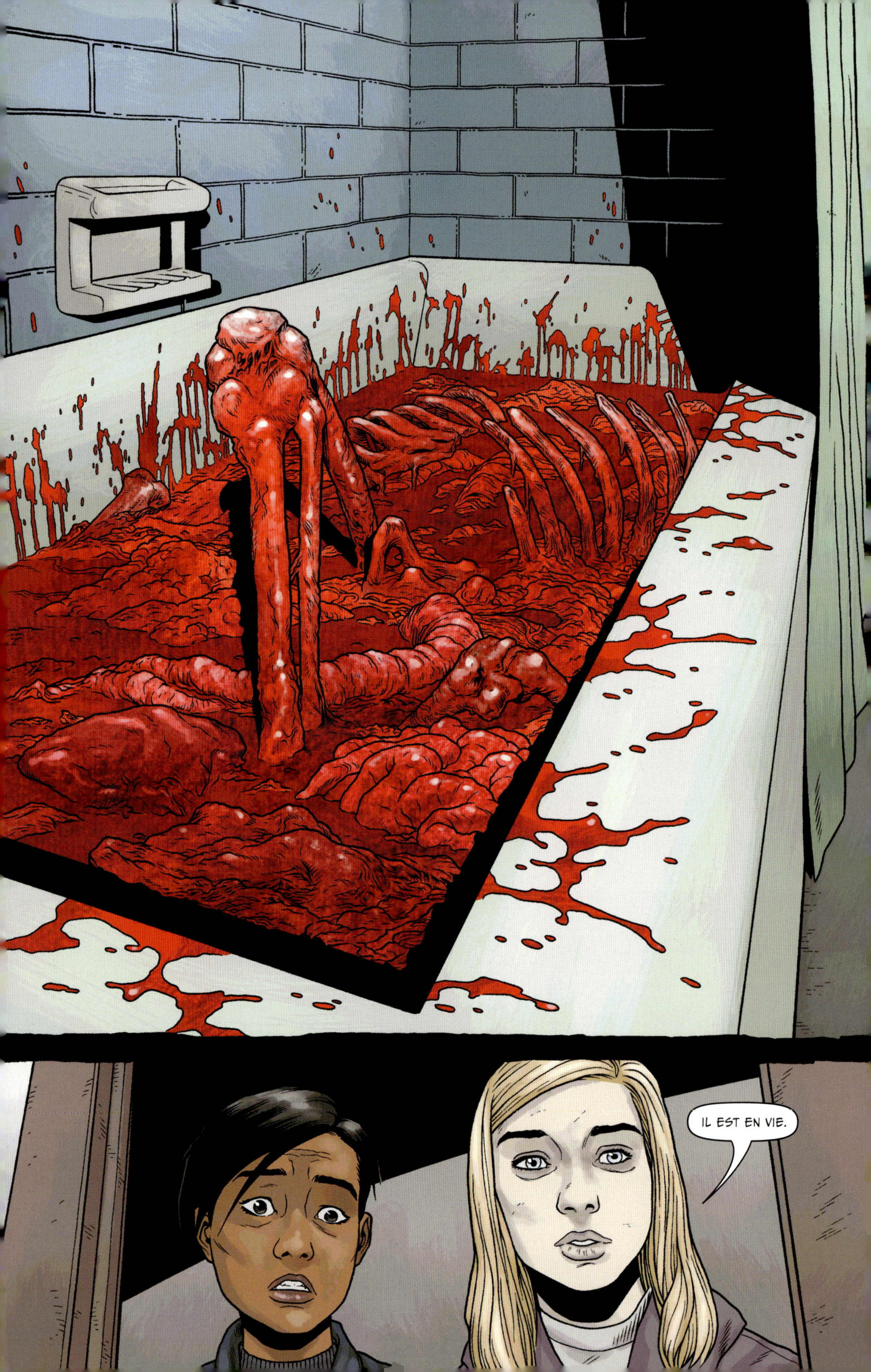
IL EST EN VIE.

PUTAIN
DE
TANT QU'IL VIT, SA PEAU NE POURRIT PAS. ET L'HOMME LA PORTE.
NON... C'EST...
T'ES COMPLÈTEMENT FOLLE ! ET MOI AUSSI D'ÊTRE VENUE !
C'EST VRAI.
C'EST PAS LUI ! C'EST PAS LUI !
J'EN AI MARRE ! J'EN AI MA DOSE DE CES CONNERIES !
AAAH !
LÂCHE-MOI ! LÂCHE-MOI, ESPÈCE DE FOUTU CADAVRE !

AAAAAH ! NON ! NON ! NON !
TU SENS ?
C'EST CHAUD. COMMENT C'EST POSSIBLE ?
ET ÇA ?
IL BAT.
COMMENT IL PEUT BATTRE ?
TON AMI EST VIVANT, MAIS LE TYPE EN LUI N'EST PAS LUI.

ÇA CRAINT, JE SAIS.
MOI, JE NE SENS RIEN.
JE N'AI PLUS DE LIMITES HUMAINES.
JE VOIS DES GENS, DES LIEUX FAMILIERS, MAIS ÇA NE ME TOUCHE PAS.
JE VEUX QUE ÇA S'ARRÊTE.
COMMENT ÇA…
COMMENT SA MAJESTÉ FAIT ÇA ?
INITIATION, DONS REÇUS.
IL Y A LONGTEMPS.
ET MERDE.
JE LUI AI TOUT DIT.

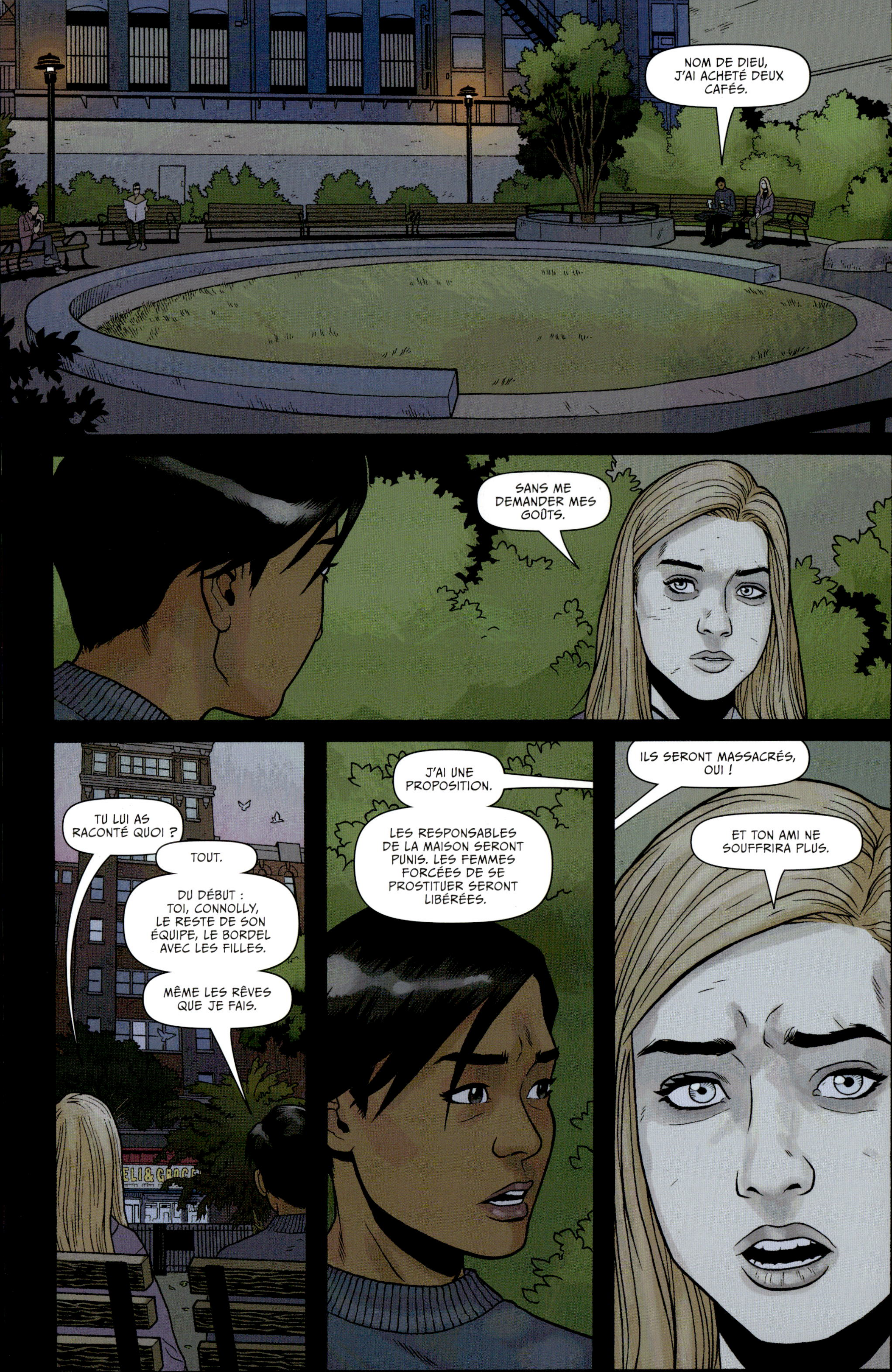
NOM DE DIEU, J'AI ACHETÉ DEUX CAFÉS.
SANS ME DEMANDER MES GOÛTS.
TU LUI AS RACONTÉ QUOI ?
TOUT.
DU DÉBUT : TOI, CONNOLLY, LE RESTE DE SON ÉQUIPE, LE BORDEL AVEC LES FILLES.
MÊME LES RÊVES QUE JE FAIS.
J'AI UNE PROPOSITION.
LES RESPONSABLES DE LA MAISON SERONT PUNIS. LES FEMMES FORCÉES DE SE PROSTITUER SERONT LIBÉRÉES.
ILS SERONT MASSACRÉS, OUI !
ET TON AMI NE SOUFFRIRA PLUS.

J'Y RETOURNERAI ET ELLE FERA LE NÉCESSAIRE.
CE SERA LONG DE DÉFAIRE CE QU'ON LUI A FAIT. MAIS QUAND ELLE L'AURA TOUCHÉ, CE SERA FINI.
ÇA... ÇA VA L'AIDER... À TRAVERSER, C'EST ÇA ?
NON. IL N'Y A PAS D'AUTRE CÔTÉ.
C'EST LE NÉANT. LES TÉNÈBRES, DONT ON N'EST PAS CENSÉ REVENIR.
C'EST MIEUX POUR LUI ET POUR MOI.
ATTENDS UNE SECONDE, NON, NON !
MM ?
POUR TOI ? ÇA, C'EST TON POINT DE VUE.
"TU AS PARLÉ DE NOUVEL HÔTE. JE NE VEUX PAS MOURIR !
"ET REVENIR COMME... COMME TOI, PUTAIN !"

QUI VOUDRAIT ME RESSEMBLER ?
ELLE CHERCHE UN NOUVEL HÔTE, MAIS PAS FORCÉMENT TOI.
DONC, UNE AUTRE FEMME DOIT... BELLA, TU ME DEMANDES TROP.
IL FAUT QUELQU'UN, AMY.
OU ELLE NE ME LAISSERA PAS PARTIR. ET JE N'EN PEUX PLUS.
"TU ES IMPLIQUÉE DEPUIS LE TOUT DÉBUT, SUITE À LA MORT D'UNE INCONNUE. ET MÊME QUAND LES CHOSES ONT EMPIRÉ, QUAND C'EST DEVENU BIZARRE, QUE LA VILLE ENTIÈRE A PANIQUÉ... TU N'AS PAS RENONCÉ.
"TU T'INTERROGES. C'EST MOI QUI PARLE OU ELLE ? JE CROIS QUE C'EST MOI, MAIS ÇA DEVIENT FLOU."
SI C'EST MOI, TU ACCEPTERAS, HEIN ?

"TU N'AURAIS PAS TROUVÉ CET ENDROIT AVANT DES SEMAINES."

"ÇA M'A PRIS UN COUP DE FIL, ET JE NE TE DIRAI PAS À QUI. JE SAIS BIEN CE QUE TU PENSES.
"IL Y A HUIT AUTRES AGENTS DU SWAT DIRECTEMENT MOUILLÉS. TU NE LES AURAS PAS."
"QUI ?"
"NON. ILS ONT FERMÉ LE SOIR APRÈS L'INCIDENT AU BAR, SANS IMAGINER LA SUITE.
"ILS Y SERONT, SURVEILLANT LES FILLES, SE FAISANT FAIRE DES GÂTERIES."
"QUI ?"
"NON.
PUSH

"ÇA VA LOIN. AU POINT D'ÊTRE DÉGOÛTÉ DES GENS POUR QUI JE BOSSE.
"QUAND ÇA S'EST SU, ILS ONT EU PEUR DU SCANDALE. ILS AVAIENT PEUR DE CE QUE CONNOLLY AVAIT SUR EUX.
"PLUS IL Y EN AVAIT QUI SAVAIENT, PLUS IL Y AVAIT DE COMPLICES. ET MAINTENANT ?
"ILS NE SAVENT PLUS DE QUOI ILS ONT LE PLUS PEUR : DES MORTES QUI SORTENT DE LA MORGUE ET DES HOMMES DÉPECÉS...
"... OU DE LA TRAITE D'HUMAINS ET DES POURSUITES DE LA POLICE."

ELLE S'EST SURPASSÉE, CETTE FOIS, C'EST CLAIR.
ELLE S'EST ÉCLATÉE.
TU M'AS LAISSÉE ENTRER LÀ-BAS ET TU AS ATTENDU.
TU SAVAIS CE QUI ALLAIT ARRIVER.
BON DIEU, CES FILLES.
TRAUMATISÉES, DÉMUNIES. JE LES AI SORTIES DE L'ENFER.
JE NE SAIS PAS POURQUOI JE TE DIS ÇA. TA FOUTUE REINE DES RUBANS N'A RIEN D'UNE ASSISTANTE SOCIALE, MM ?
ELLES SONT SUR LA MER MAINTENANT.

LA MER ?
TU L'AS VUE.
"EN RÊVE. C'EST COMME ÇA QU'ELLE M'A TROUVÉE.
"POURQUOI ELLE M'A CHOISIE MOI ? MYSTÈRE. ON ÉTAIT DES MILLIERS."
ELLE SAVAIT QUE TU ACCEPTERAIS.
PEUT-ÊTRE.
L'ÉPOUSE ÉGORGE SON BOURREAU DANS SON SOMMEIL. ELLE N'A PAS D'AUTRE SOLUTION.
MAIS DIRE OUI À CETTE CHOSE, C'EST CHOISIR LE CHAOS.
PAS BESOIN DE ME LE RAPPELER.
ET APRÈS, AMY ?

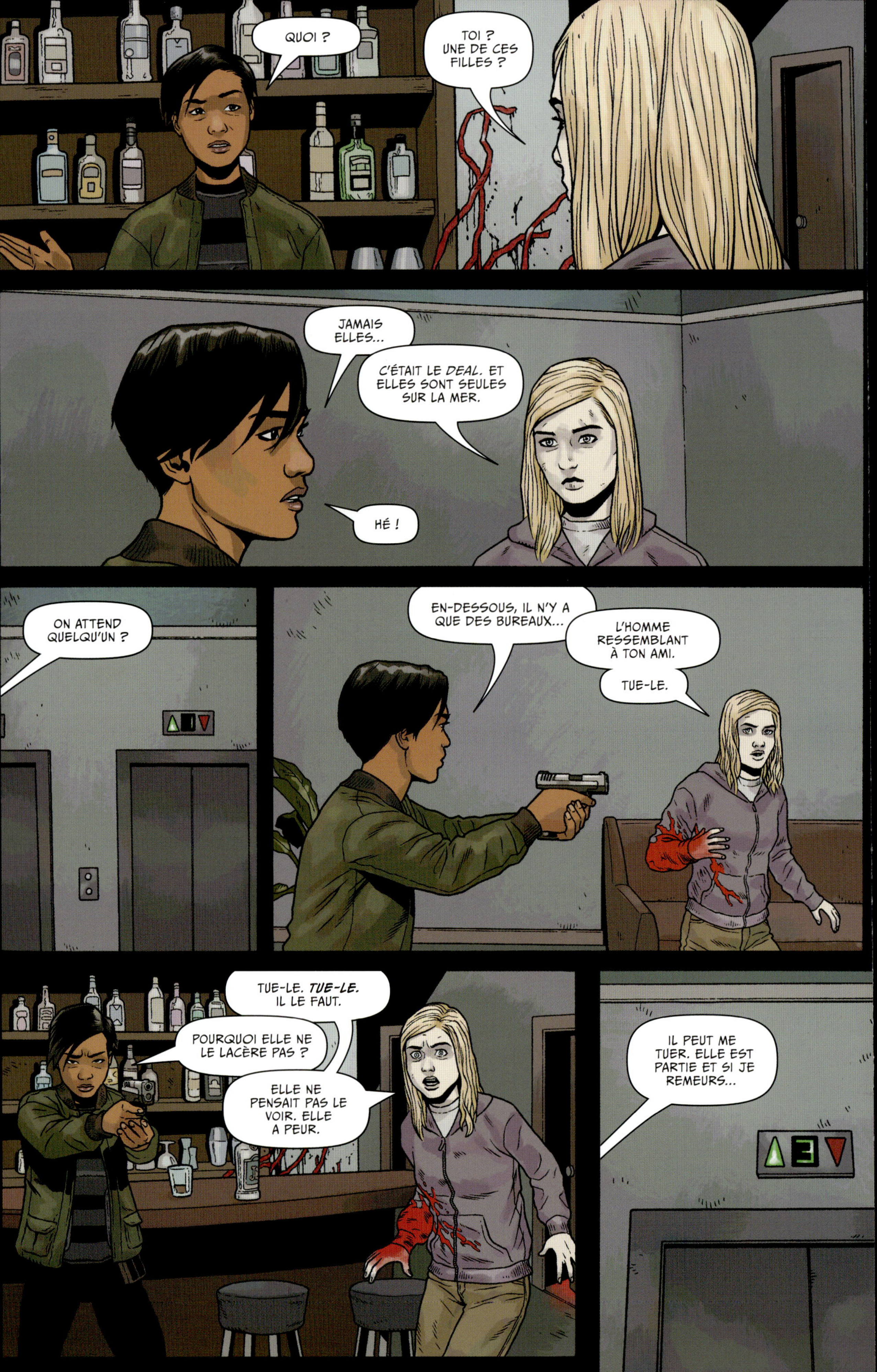
QUOI ?
TOI ? UNE DE CES FILLES ?
JAMAIS ELLES...
C'ÉTAIT LE *DEAL*. ET ELLES SONT SEULES SUR LA MER.
HÉ !
ON ATTEND QUELQU'UN ?
EN-DESSOUS, IL N'Y A QUE DES BUREAUX...
L'HOMME RESSEMBLANT À TON AMI.
TUE-LE.
TUE-LE. ***TUE-LE.*** IL LE FAUT.
POURQUOI ELLE NE LE LACÈRE PAS ?
ELLE NE PENSAIT PAS LE VOIR. ELLE A PEUR.
IL PEUT ME TUER. ELLE EST PARTIE ET SI JE REMEURS...

S'IL M'AVAIT SUIVIE, JE L'AURAIS VU.
PAS LUI. IL N'EST PAS CE QU'IL PARAÎT.
TUE-LE TOUT DE SUITE. FAIS ABSTRACTION DE SON VISAGE, N'HÉSITE PAS.
IL VA SOURIRE, MINAUDER, MAIS ÇA NE VEUT RIEN DIRE.
DÈS QUE TU LE VOIS, AMY.
TIRE.

N...
NON...
SALUT, AMY.
EN FAIT, ON N'A PAS VRAIMENT ÉTÉ PRÉSENTÉS.

Ribbon Queen (2023) 8
Couverture : **DECLAN SHALVEY**

RIEN NE CHANGE, BELLA.

8 : JUSTE UNE ILLUSION

TU N'ES PAS LUI.
VA TE FAIRE.
LÂCHE-LA.
PARCE QU'ON T'A MONTRÉ UN TAS DE CHAIR DANS UNE BAIGNOIRE ?
TU PEUX M'APPELER GEARY. C'EST VRAIMENT MON NOM.
ON RESTE DANS LE MONDE RÉEL.
MAIS JE TE PARDONNE D'AVOIR PENSÉ QUE C'ÉTAIT UNE AUTRE DIMENSION.
C'EST...
LE COUTEAU QUI L'A TUÉE, OUI.
JE L'AI PRIS DANS LE BUREAU DE CE PAUVRE VIEUX CLAYTON. FACILE VU MA TÊTE.
JE T'EXPLIQUE : C'EST COMME ÇA QU'ON CHASSE SA MAJESTÉ. EN RETUANT L'HÔTE DE LA MÊME FAÇON.
"DON DIVIN."

ILS CROIENT TOUS EN ÊTRE UN.
IL M'A PROPOSÉ UN MARCHÉ, IMPLIQUANT QUE JE RENONCE, BIEN SÛR.
TU LE SAIS COMME MOI, C'EST L'ENVIE DE REVENIR À LA NORMALE QUI MOTIVE TOUTE RÉPARATION, PAS LA VÉRITÉ, NI UN MONDE MEILLEUR.
C'EST LE BUT DES DIRIGEANTS DE TA VILLE. TU PEUX PARTICIPER.
EN TRICHANT.
OUI, EXACTEMENT.
QUI TU ES, ESPÈCE D'ENFOIRÉ ?
UN ENFOIRÉ, C'EST ÇA.
BON, TU AS CÔTOYÉ CETTE SALOPE ASSEZ LONGTEMPS POUR CONNAÎTRE CERTAINES CHOSES. LES BOIS MAUDITS, ÇA TE PARLE ?
"L'HISTOIRE...
"... S'EST RÉPANDUE, ET A PRIS DE L'AMPLEUR.

"QUELQU'UN DE SENSÉ L'A ENFIN ENTENDUE ET EST ALLÉ VOIR.
"SUR CE LIEU D'HORREURS, IL S'EST DIT... CE N'EST PAS POSSIBLE.
"TOUTE LA HAINE QUI SE DÉGAGE... ET SI ELLE DEVENAIT UNE FORCE ?
"IL FAUT Y RÉPONDRE. IL FAUT L'ÉTOUFFER. ON A BESOIN...
"... D'HOMMES POUR LE FAIRE."
POUR PRENDRE CE QU'IL Y A DANS LES BOIS ET LE CANALISER DIFFÉREMMENT.
RATIONNEL-LEMENT ?

C'EST CE QUE TU DIRAIS ?
SÉRIEUSEMENT : À TON AVIS, POURQUOI ON A TOUJOURS EMPÊCHÉ LA REINE DES RUBANS DE CAUSER DE RÉELS DÉGÂTS ? DÉJÀ, IL FAUDRAIT QUE QUELQU'UN L'INCARNE LONGTEMPS, ET QUI A ENVIE DE ÇA ?
DÉGÂTS OU CHANGEMENTS ?
SANS BLAGUE...
CE N'EST PAS UNE INCANTATION POUR PROTÉGER LES FEMMES. ÇA NE PROTÈGE PERSONNE.
C'EST COMME TOUT CE QUI VIENT DES GENS, C'EST ANCRÉ EN EUX... ALÉATOIRE, INCONTRÔLABLE, INSAISISSABLE.
UN PUTAIN D'INSTRUMENT MORTEL.
POUR CERTAINS, C'EST CE QUE SONT LES FEMMES, REINE DES RUBANS OU PAS.
CE NE SERAIT PAS DE CHANCE POUR EUX.
ÉCOUTE :

LE CORPS DE BELLA REPART À LA MORGUE, SA MÈRE L'ENTERRE. ON PAIE OU PERSUADE LES TÉMOINS.
PLUS DE MORTES-VIVANTES, PLUS DE RUBANS SUR LES MURS. CE QUE TU VEUX OUBLIER N'A JAMAIS EXISTÉ, CE N'ÉTAIT QU'UNE ILLUSION.
ET C'EST FINI ?
C'EST DÉJÀ FINI, AMY. ELLE EST RETOURNÉE D'OÙ ELLE VIENT.
J'AI VU ÇA TELLEMENT DE FOIS. MIEUX VAUT NE PAS SAVOIR.
TU PEUX VOIR OÙ ÇA TE MÈNE DE DIRE LA VÉRITÉ, MAIS...
"JE POUVAIS LE VOIR. LE SENTIR."
L'INTÉRÊT POUR L'AFFAIRE QUI S'ESTOMPE.
TOUT LE MONDE QUI SE RENDORT, JUSQU'À LA PROCHAINE FOIS, LE PROCHAIN CAUCHEMAR INEXPLICABLE, PUIS, UN AUTRE, ET UN AUTRE, À L'INFINI.
TU SAIS CE QUE J'AI PENSÉ ?

"COMPLIQUONS-NOUS LES CHOSES."
AAH !
SALE PUTE !
NON...
TU FOUS TOUT EN L'AIR, ESPÈCE...
DÉGAGE !
BORDEL !
T'AURAIS PU RESTER EN VIE !

BUTE-MOI MAINTENANT, CONNASSE !
NNNH !
PUTAIN DE SALE...
AAAH !
AAAAAAAH !
AAAH ! MERDE ! GARCE !
ENCULÉE !

INSIGNE ET FLINGUE.
NNAAAAAAAAAAHH !
TU CROIS QUE C'EST ÇA QUE TU ES ?
TU ES CELLE QUE TU AS TOUJOURS VOULU NIER.
L'ADO CONNE ET FRIGIDE QUI CHIALE DANS UNE CHAMBRE À UNE SOIRÉE.
ET TU SAIS POURQUOI TU AURAS TOUJOURS PEUR ?
JE SERAI TOUJOURS PLUS FORT.

"CE N'EST PAS CE QUI M'EFFRAYAIT LE PLUS."
IL SAVAIT TRÈS BIEN CE QUE C'ÉTAIT.
APPELLE-LA.
LAISSE-LA...
... ENTRER DANS TA TÊTE.
IMAGINE-MOI EN BOUILLIE DANS LA PIÈCE. FAIS CE QUE TU AS À FAIRE !
NNNH !

"J'AI ENTENDU, BELLA.
"J'AI ENTENDU CE QU'ELLE T'A PROMIS, CE QUE TU SAVAIS."
"DIS OUI DANS TON DERNIER SOUFFLE.
"TU SOMBRERAS DANS LE NÉANT, ET QUAND TU EN SORTIRAS...
"... TU SERAS MOI."
APPELLE-LA ! APPELLE-LA, PUTAIN !
LAISSE-LA REVENIR DANS CE MONDE ! ET QU'ELLE ME TUE !
VVVEEHH CHIEEEHH

TU N'AS PAS LES COUILLES ! JE LE SAVAIS ! ELLES NE LES ONT JAMAIS !
PUIS, LE MONDE S'EST ÉTEINT.
ET ELLE M'A SAUVÉE.
AAAH... AAAHHH...
AKK !
NON ! LAISSE-MOI, PUTAIN !
PUTAAAAIIIIN !
DÉGAGE ! SALE PUTE ! QU'EST-CE QUE TU M'AS FAIT ?!
GKKKKKK

QU'EST-CE QUE TU FOUS
AAAAAAAHHHKK !
"ELLE A TOUCHÉ CLAYTON, ET C'ÉTAIT FINI ?
"ELLE A DÛ ENFIN ATTEINDRE SON CŒUR."

BORDEL, ENLÈVE-MOI ÇA ! ALLEZ !
JE PEUX PLUS AAAAAAAAH !
NAH !
AAAAAAH !
A...
AMY ?

ET MAINTENANT ?
ON EST TOUS LES DEUX UN PEU DANS LA MERDE, NON ?
JE ME DEMANDE QUEL SERAIT LE MEILLEUR MOYEN DE S'EN SORTIR.
POUR CHACUN DE...
TU AS LE COU BRISÉ, MAIS TU ES VIVANT. TU VEUX LE RESTER ?
HÉ...
TOUT VA BIEN.
JE SUIS DE LA POLICE.

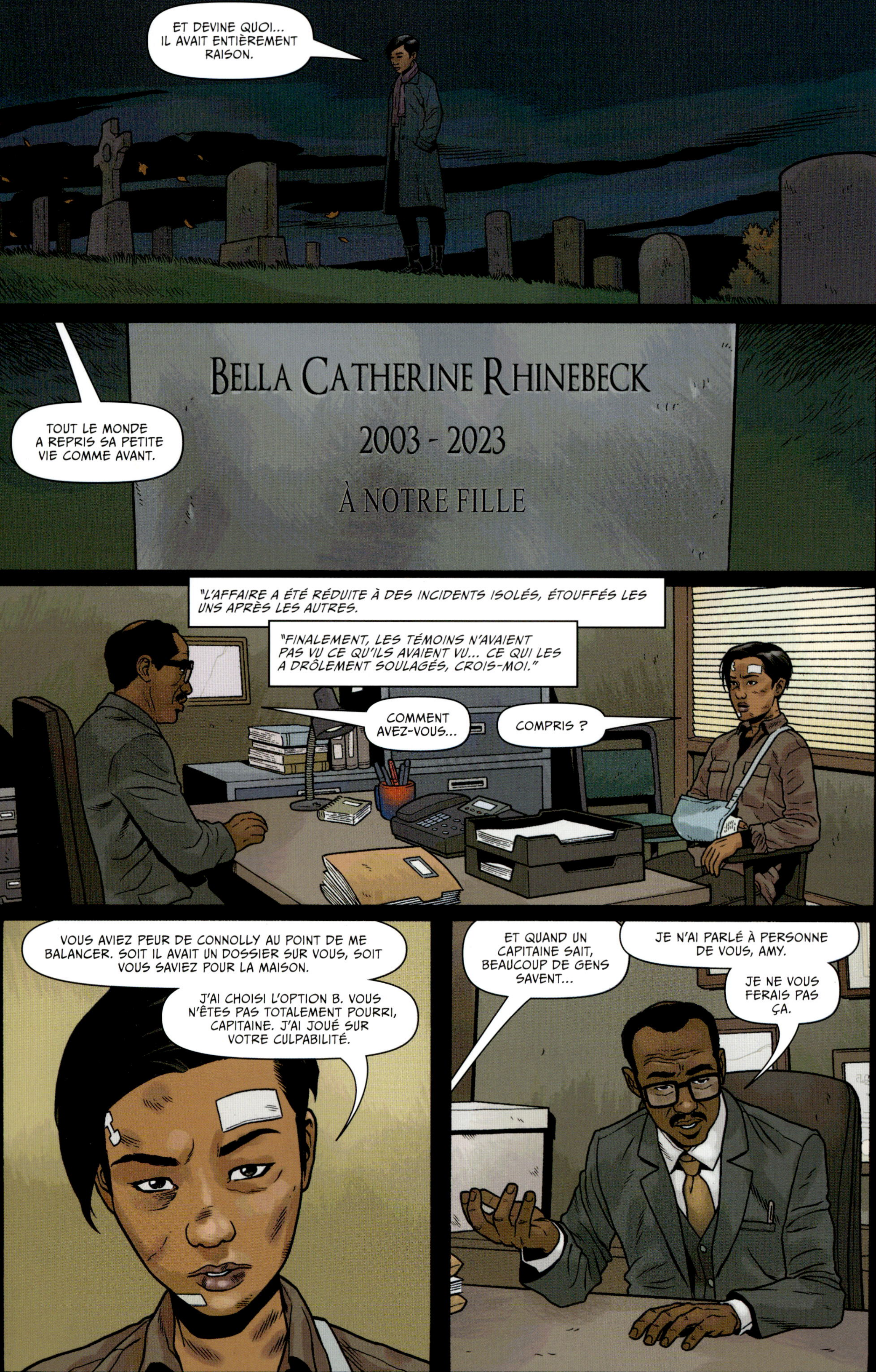
ET DEVINE QUOI... IL AVAIT ENTIÈREMENT RAISON.
TOUT LE MONDE A REPRIS SA PETITE VIE COMME AVANT.
BELLA CATHERINE RHINEBECK
2003 - 2023
À NOTRE FILLE
"L'AFFAIRE A ÉTÉ RÉDUITE À DES INCIDENTS ISOLÉS, ÉTOUFFÉS LES UNS APRÈS LES AUTRES.
"FINALEMENT, LES TÉMOINS N'AVAIENT PAS VU CE QU'ILS AVAIENT VU... CE QUI LES A DRÔLEMENT SOULAGÉS, CROIS-MOI."
COMMENT AVEZ-VOUS...
COMPRIS ?
VOUS AVIEZ PEUR DE CONNOLLY AU POINT DE ME BALANCER. SOIT IL AVAIT UN DOSSIER SUR VOUS, SOIT VOUS SAVIEZ POUR LA MAISON.
J'AI CHOISI L'OPTION B. VOUS N'ÊTES PAS TOTALEMENT POURRI, CAPITAINE. J'AI JOUÉ SUR VOTRE CULPABILITÉ.
JE N'AI PARLÉ À PERSONNE DE VOUS, AMY.
JE NE VOUS FERAIS PAS ÇA.
ET QUAND UN CAPITAINE SAIT, BEAUCOUP DE GENS SAVENT...

MM MM.
C'EST VRAI, JE ME SUIS SENTI COUPABLE. JE VOUS AI DONNÉ L'ENDROIT.
JE...
ET VOUS ÊTES REDEVENU RESPECTABLE.
AH, SE RACHETER, VOIR UNE LUEUR DANS LE NOIR, SE DIRE QU'ON EST LIBRE.
"AU MOINS, J'AI FAIT ÇA."
VOUS VOULEZ ENFONCER LE CLOU, MAIS JE VOUS VOIS MAL CONTACTER LES MÉDIAS.
IMPOSSIBLE DE RACONTER L'HISTOIRE SANS PASSER POUR UNE CINGLÉE.
JE VOUS AI APPELÉ POUR LA MAISON, MM ?
JE NE SUIS PAS VENUE EN PERSONNE POUR ÉVITER QUE QUELQU'UN ME SUIVE. QUELQU'UN QUI AURAIT ÉTÉ RAVI DE VOUS RENCONTRER.
JE N'AURAIS PAS DÛ L'EN EMPÊCHER.
QUOI ?
QU'INSINUEZ-VOUS, AMY ?
NE JOUEZ PAS À CE JEU-LÀ !

QUI SAIT CE QUI EST ARRIVÉ AUX FILLES LIBÉRÉES ? JE DEVRAIS EN FAIRE MA PROCHAINE PRIORITÉ.
MAIS C'EST LE PROBLÈME.
"CERTAINS AU BOULOT NE VEULENT PLUS EN ENTENDRE PARLER.
"J'ENQUÊTE. LE CAPITAINE TEMPLE DOIT PRENDRE UNE DÉCISION."
IL LE FAIT.
ET ILS ME TOMBENT TOUS DESSUS.
"ET JE N'AI D'AUTRE CHOIX QUE DE SUIVRE TES PAS."

ET SI JE L'AMENAIS À LA MAIRIE ? À UN COMMISSARIAT ?
PAR OÙ TU COMMENCERAIS, BELLA ? OÙ TU T'ARRÊTERAIS ?
JUSTE UNE FOIS, FAIRE UN TRUC QU'ILS NE CACHENT PAS...
"POURQUOI JE T'AI DIT OUI ? UNE PART DE MOI ÉTAIT PRÊTE À ÊTRE ELLE ?
"JE SAVAIS QU'IL POUVAIT ME TUER ?
"OU QUE JE LA LAISSERAIS S'INCRUSTER LE MOMENT VENU ?"
MAIS RIEN QUE DE PENSER À LA LAISSER SE DÉCHAÎNER...
PUTAIN !
SI J'ÉTAIS UN MEC, J'AURAIS UNE ARME LASER, HEIN ?

JE NE SUIS PAS LÀ POUR ELLE.
BELLA CATHERINE RHINEBECK
2003 - 2023
À NOTRE FILLE
J'ESPÈRE QUE TU AVAIS RAISON, PUCE, QU'IL N'Y A RIEN.
ET QUE TU ES DANS LE NOIR, PAS SEULE SUR LA MER.
BELLA CATHERINE R
PARFOIS, BELLA, DÉPENDRE AUTANT D'ELLE M'EFFRAIE.
ÊTRE AUSSI ACCRO.

PARFOIS,
J'AI PEUR QUE ÇA NE
M'EFFRAIE PLUS.
FIN

Ribbon Queen (2023) 1
Couverture variante : **FAY DALTON**

Ribbon Queen (2023) 2
Couverture variante : **TONY HARRIS**

Ribbon Queen (2023) 3
Couverture variante : **MIKE DEODATO Jr**

Ribbon Queen (2023) 4
Couverture variante : **FRANCESCO MATTINA**

Ribbon Queen (2023) 1
Couverture variante : **FAY DALTON**

DANI
2023

Ribbon Queen (2023) 7
Couverture variante : **CULLY HAMNER**

Ribbon Queen (2023) 8
Couverture variante : **MARCELO FRUSIN**

LES AUTEURS

Garth Ennis est un auteur irlandais résidant a États-Unis. Il démarre très tôt sa carrière dans bande dessinée en écrivant, à l'âge de dix-neuf a (en 1989), la série *Troubled Souls* pour le marc britannique, publiée dans l'anthologie *Crisis*. De ans plus tard, il est repéré par l'éditrice Karen Berg qui le recrute pour reprendre la série *Hellblaz* publiée chez DC Comics, avant d'être éditée sous label Vertigo de l'éditeur à deux lettres. C'est po ce label qu'Ennis crée ensuite la série *Preach* avec Steve Dillon, considérée comme l'une de s plus grandes créations. Garth Ennis est un aute prolifique et poursuit sa collaboration avec D pendant plusieurs années (*The Demon*, *Hitman* Amateur de récits de guerre, il signe égalemer le titre militaire *Unknown Soldier* pour Vertigc Chez Marvel, il débute avec *The Punisher Kills th Marvel Universe*. Il travaille ensuite sur une séri *The Punisher* sous le label Marvel Knights, avan d'œuvrer sur un autre titre également consacré à Frank Castle, pour le label pour adultes MAX Toujours pour la Maison des Idées, on le retrouve sur des récits de Spider-Man, Ghost Rider e Thor. L'auteur réalise désormais la plupart de ses projets en indépendant. Citons notamment *The Boys*, *Crossed*, *The Pro* et plus récemment, *Sara* et *Marjorie Finnegan*.

Le dessinateur américain **Jacen Burrows** travaille principalement pour des éditeurs américains indépendants. Il est actuellement en contrat exclusif avec Avatar Press. Sa bibliographie inclut une prestigieuse série de collaborations avec Garth Ennis (*303, Chronicles of Wormwood*, *Crossed*), une association durable avec Warren Ellis (*Scars*, *Dark Blue*, *Bad World*), quelques pages pour la série à succès *Transmetropolitan* chez DC et, surtout, une intense collaboration avec Alan Moore. Outre *The Courtyard* et *Neonomicon*, il participe à l'anthologie *Alan Moore's Yuggoth Cultures and Other Growths*. Ces dernières années, Burrows a œuvré sur plusieurs titres Marvel : *Moon Knight* (scénarisé par Max Bemis), *Warhamer 40,000: Marneus Calgar* (en compagnie de Kieron Gillen) et *Punisher: Soviet* (avec Garth Ennis).